KB023490

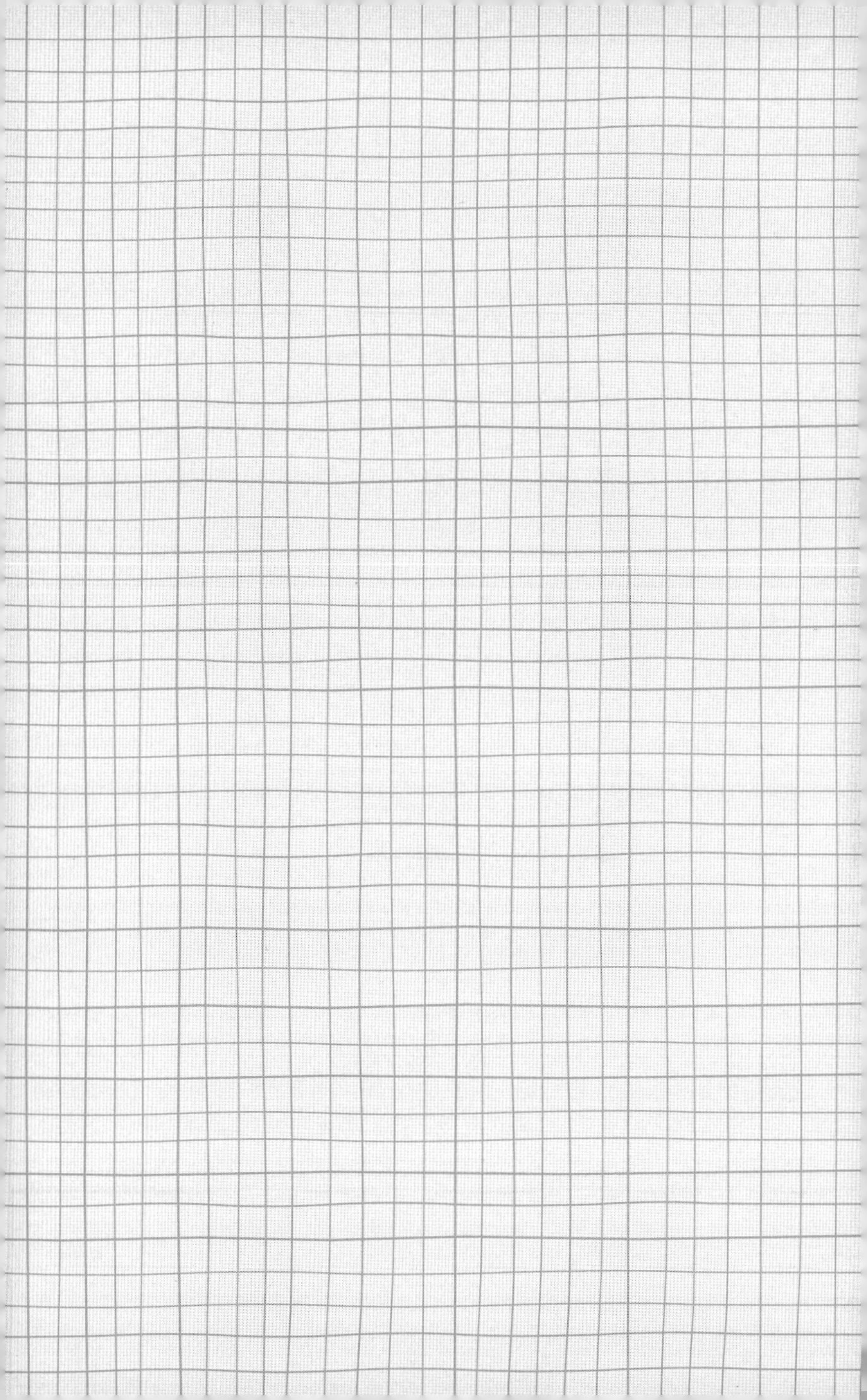

안녕
아빠

일러두기

저자를 제외한 가족의 이름은 가명입니다.

오채원 지음

울고 싶어도 울 틈이 없는
맏딸의 애도 일기

차례

프롤로그 이제는 정말 안녕 ———— 6

1. 전장의 한복판에서

양치기 소년의 거짓말이기를 ———— 15

막판 뒤집기는 없었다 ———— 19

초짜 상주의 첫 번째 임무 ———— 25

삼가 알려드립니다 ———— 33

개와 늑대의 시간 ———— 38

상갓집의 품격 ———— 45

혼자인 사람과 죽음 ———— 56

상주님, 상주님 ———— 64

장례의 클라이맥스 ———— 72

엄마 앞에서 울면 안 돼 ———— 82

돌아오는 버스에서 ———— 92

2. 일상의 한복판에서

후의에 감사드립니다 — 105
아빠의 '아끼다'에 대하여 — 114
The Show Must Go On — 120
특수 요원 — 127
독이 되는 '따뜻한 말' — 142
죄인은 웃으면 안 돼 — 148
울게 하소서 — 153
들리는 사진관: 영정 사진 프로젝트 — 162
이사의 조건: 아빠가 안 보이는 곳으로 — 175
졸업을 축하하며, 아빠가 — 186

3. 전장의 입구에서

환자와 가족의 제로섬 게임 — 197
내겐 엄마도 소중해요 — 207
보름달빵이 먹고 싶어 — 216
유언, 소중한 이들을 위한 마지막 선물 — 221
마지막 얼굴 — 231
죽음을 준비한다는 것 — 241
산 자와 죽은 자를 잇다 — 248

작가의 말 다들 그렇다더니, 그게 아니더라 — 254

프롤로그

이제는 정말 안녕

"아휴, 장례식장에서도 담담하셔서 참 놀랐어요."

사실 난 담담한 것이 아니었다. 오히려 힘껏 의식을 붙잡고 있었다. 난생처음 맞는 사흘간의 중대한 행사를 '프로답게' 치러내야만 했으니까. 이를테면 조문객 맞이에 빈틈이 없어야 하고, 돈주머니와 중요한 서류를 지켜야 하며, 무엇보다 '미망인未亡人'인 엄마 앞에서 무너져서도 안 됐다.

"혼자 오신 조문객을 상대할 사람도 구해놓고, 참 선생님답다 생각했어요. 슬픈 와중에 어떻게 그런 생각까지 할 수 있나. 그래서 더 안쓰러웠어요."

사실 그때는 슬프지 않았다. 아니, 슬플 여유가 없었다. 첫 출근한 사회 초년생처럼 초긴장 상태였을 뿐이다.

'아빠는 이번에도 퇴원하실 테니까.'

늘 그랬다. 의사가 엄숙한 얼굴로 '마음의 준비를 하라'고 통보해도, 아빠는 그때마다 한 고비 한 고비 넘기셨다. 심지어 심장이 멈췄어도, 드라마에서나 보던 자동 심장충격기까지 동원하며 다시 살아나셨다. 람보처럼 강한 전사의 모습으로 전장을 헤치고 나온 것이 아니라, 모두 슬퍼할 준비를 하고 있을 때, 홀연 생명력을 보였다. 아스팔트 틈새로 비어져 나온 잡초처럼 삶을 또 꼼지락꼼지락 피워냈다. 그래서 이번에도 우리 가족은 '마음의 준비' 대신 퇴원 후의 삶을 대비하고 있었다. '이번엔 입원이 좀 길어지네' 하면서.

'언제부터 그렇게 아빠 생각을 했다고?'

아빠가 좋아하시던 얼갈이배추 무침이 밥상에 올라왔다. 반색하는 아빠의 얼굴이 머릿속에 겹치려는 찰나, 마음속의 또 다른 내가 따지고 든다. 나는 슬퍼할 자격이 없다. 나를 속속들이 아는 건 나니까 단죄 역시 내 몫이다. 미워한 만큼 빚지는 법이라고. 의식은 감정을 왜곡시킨다. 슬픔을 저만치 어딘가에 가두려 한다. 하지만 그런 시도가 언제나 유효하지는 않다. 누군가에게 아빠 이야기를 꺼내놓기 전에 가만히 심호흡부터 하는 나를 보면.

이성적인 인간으로 보이고 싶은 욕심이 스멀스멀 올라오는 감정을 억누른다. 언제나 씩씩해서 대견한 오채원을 소환하려 한다. 하지만 말문을 열기도 전에 초입부터 내 눈에는 눈물이 그렁그렁 맺힌다. 자꾸만 하늘을 올려다보아도 소용없다. 이미 상대는 말이 없다. '어쩌나' 하는 얼굴로, 이성과 감정 사이에서 조용히 용쓰는 나를 그저 바라볼 뿐이다.

"너만 아버지 돌아가셨냐?"

죽음이란 누구도 예외 없이 겪는 일이지만, 내 삶으로 들어오면 특별한 사건이 된다. 무엇이든 시작이 있으면 끝이 있으며, 누구나 죽는다는 사실에는 의심의 여지가 없다. 그러나 너무도 당연한 그 일이 나에게 닥치면 전혀 다른 차원이 된다. 무척이나 명백한 명제를 내 삶의 영역에 받아들이려고 애쓴다 한들, 그것으로 그만일 수도 있다.

이런 사정이나 한계를 인정해주지 않고 유난 떨지 말라고 호통 치는 이도 있다. '산 사람은 살아야지'라고 말하며 생활인의 본분에 충실하라고 채찍질하는 이도 있다. '어디까지나 너를 위해서 해주는 말'이라고 덧붙이면서. 그들의 채근에 반기를 들기는커녕 오히려 내가 먼저 수긍해왔던 것도 사실이다.

그러나 그 초연함은 가짜였다. 나는 나에게도 가족에게도 그들에게도 정직하지 못했다. 난 아빠에게 사랑을 갈구하는 동시에 미워했다. 나의 모든 불행은 아빠 탓이니까. 당신 자신이 가장 중요한 분이니까.

진짜 애도를 시작하며

"사람은 뒷꼭지가 예뻐야 한다."

대학 은사님께서 4년 내내 지겹도록 반복하신 말씀이다. 그렇게까지 강조하지 않아도, 열아홉 살 나는 그게 무슨 의미인지 너무나 잘 알고 있었다. 나의 못된 기질을 추동하는 존재가 되어버린 친구에게도, 내 등에 칼을 꽂은 상사에게도, 더 이상 미래를 함께 이야기할 수 없게 된 연인에게도 나는 가능한 한 웃으며 인연을 매듭지으려고 했다. 때로는 비참해도 결국은 이 노력이 나의 존엄과 품위를 돋우는 길이리라, 스스로 다독였다. 이처럼 나는 '좋은 이별'을 하려고 애썼다…고 생각해왔다.

'그날'로부터 2년이 지났다. 이제야 알겠다. 나의 애도는 아직 시작조차 안 됐음을, 내 마음속 시계는 여전히 그날에 멈춰 있음을. 그래서 중요한 매듭을 짓지 못했음을, 아직도 아빠를 보내드리지 못했음을.

내 삶에 제대로 뛰어들고 싶다. 좀비처럼 어슬렁대는 일은 그만하고 싶다. 어서 담담해지고 싶다. 그래서 결심한다. 그날부터 봉인해둔 내 마음을 들여다보자고. 그럼 아빠에게 인사를 건넬 수 있겠지. 나는 아빠에게 예쁜 뒷꼭지를 보여드리지 못했다. 우리는 서로에게 안녕을 고하지 못하고 헤어졌다. 아빠는 저세상으로 가버리셨고, 나는 상대도 없는 이별을 해야 한다.

비록 아빠가 나의 예쁜 뒷꼭지를 보지 못한다 해도 나는 보여드리려 한다. 효심이니 도의니 하는 차원으로 미화하고 싶은 것이 아니다. '좋은 게 좋은 것'이라는 적당한 합의로 마무리하려는 것도 아니다. 오로지 내가 자유롭고 싶어서 벌이는 몸부림이다.

아빠를 보내드린 과정을 되짚어보기로 결심하고서야 나

는 삶이 무어냐, 죽음이 무어냐 고상하게 떠들어댄 '주둥이 노동자'였음을 깨달았다. 나의 부조리에 직면했다. 또 나를 둘러싼 세상에 대응하느라 고군분투하는 자신도 발견했다. 그제야 내 안에서 쏟아져 나오기 시작한 숱한 질문들이 더는 답을 미루지 말라고 다그쳐댔다.

손잡으며 손 내밀며

나는 말짱한 포장지 속에 곪은 속내를 숨기고 있었다. 어떻게 아픔을 드러낼지 방법을 잘 몰랐다. 이런 내게 가만히 손 내밀어주신 분들이 있다.

"저는 글쓰기에 치유의 힘이 있다고 믿어요."

나의 자폐적 생각이 책이라는 소통의 도구가 될 수 있도록 애써주신 김무영 작가, 그리고 이 인연의 첫 다리를 놓아주신 차경 작가에게 감사드린다. 장례의 모든 것을 자문해준 조언자였으며 언제나 편파적으로 내 편인 윤정희 님께도 감사드린다.

원고가 서랍에 묻히지 않도록 애써주신 강지혜, 김카타리나, 노신화, 박경수, 배준오, 신상진, 안효성, 양승언, 유정연, 윤상호, 이종관, 정주영 님께 감사드린다.

1

전장의 한복판에서

양치기 소년의 거짓말이기를

아빠가 위독하시다

2018년 6월 9일 토요일 오후 7:09

아빠가 위독하셔
빨리 연락 줘

지하철 플랫폼에서 급히 핸드폰을 들여다보았다. 시간을 보려고 꺼냈는데 언제인지 엄마의 문자가 와 있었다. 메시지를 보자마자 영화관으로 향하던 발걸음을 황급히 병원으로 돌렸다.

'오랜만에, 정말 오랜만에 멋내고 주말 기분 좀 내려 했는

데, 이나마도 호사라고 누릴 팔자가 아니군.'

사실 아빠의 위독을 알리는 엄마의 문자는 새삼스럽지가 않았다. 한 달 반 전에도 받은 터였다. 스터디 도중에 혼비백산 병원으로 날아갔더니 아빠는 새하얀 침대에서 평온한 얼굴로 주무시고 계셨다.

'역시 아빠는 병원 문턱만 들어서면 바로 낫는다니까.'

종종 있는 일이었다. 아빠의 '병원 의존증'이 재발했구나 싶었다. 그래도 '위독'이라는 단어 앞에서는 주춤할 수밖에 없었다. 어제 본 아빠는 그제보다 얼굴이 까칠했지만 위태로워 보이지는 않았다.

'괜찮겠지. 늘 그랬으니까.'

하지만 몸이 살짝 떨려온다. 전화 속 엄마의 목소리에 눈물기가 섞여 있다. 나 역시 몰래 불안해졌을지도 모르겠다. 기억이 나진 않는다. 내 마음이 어땠는지는.

한 시간 뒤 오후 8:07

지하철에서 내리니 갑자기 후두둑 비가 떨어진다. 역에서 병원으로 가는 도중에 우리 집이 있다. 머릿속이 바쁘게 돌아간다. 집에 들러야 한다. 우산이 필요하고, 무엇보다 내 차림새가 부모의 '위독' 상황과 어울리지 않는다. 그럴 리 없겠지만 행여나 안 좋은 일이 벌어진다면 이 복장은 지나치게 화려하다. 만일을 대비해, 편안하면서 남들 눈에 띄지 않는 옷으로 허둥지둥 갈아입었다.

아빠는 어제까지 계시던 병실도 아니고 그렇다고 중환자실도 아닌 곳에 계셨다. '스테이션'이라는 간호사들의 공간 안쪽이었다. 한시라도 눈을 떼면 안 되는 위급 환자이기 때문에 이곳으로 옮겼다고 한다. 의료 드라마 속 장면들이 생각났다.

오늘의 아빠는 어제와 사뭇 다르다. 몇 번이고 중환자실과 응급실에서 보아온 아빠와도 다르다. 링거와 호스에 칭칭 감겨 침대에 누워계신 아빠는 엄마의 구령에 따라 필사적으로 심호흡을 하고 계셨다.

"자, 크게 들이쉬고! 후우, 길게 내쉬고. 옳지."

라마즈 호흡을 하는 산모가 떠올랐다. 어찌나 용을 쓰는지 아빠의 큰 눈이 더 커졌다. 평생 엄마 말씀이라곤 듣는 둥 마는 둥 하시더니 이건 또 착실하시네.

배가 아프다며 어린애처럼 보채는 아빠에게 엄마는 '약

손'도 해주셨다. 엄마의 두 손은 아빠의 배를 문지르느라 바쁘고 눈과 입은 호흡 구령을 붙이느라 바빴다. 내가 심호흡 코치를 인계받아 분업 체계로 들어갔다. 아프다며 자꾸 호흡을 놓치는 아빠를 독려해야 했다.

"아빠, 아빠, 나 봐요. 코로 숨 들이쉬고, 입으로 후우 내쉬고. 자, 나 따라서 심호흡하세요."

아빠가 간간히 뭐라 뭐라 말씀하신다. 미간에 힘을 팍 주고 집중해도 나는 도통 해석이 안 되는데, 용케도 엄마는 다 알아듣고 대꾸를 하신다.

"알았어, 알았어. 누룽지 끓여줄게."

허망하다. 어쩌면 이것이 우리의 마지막 순간일 수도 있는데 겨우 누룽지 타령이라니. 이 세상에 남을 가족에게 소회든 사과든 부탁이든 뭐든 인생을 가로지르는 말 한마디쯤은 해주셔야 하는 것 아닌가? 드라마나 영화에서는 다들 절절하게 유언을 남기던데 이게 뭐람. 역시 아빠답다. 이 와중에도 당신 드시고 싶은 것만 말씀하시는구나.

막판 뒤집기는 없었다

임종

2018년 6월 9일 오후 9:11

"오늘 밤이 고비입니다."

벌써 몇 번이나 들은 말인데 오늘따라 유독 강렬하다. 그런데 그 말이 종말 선고라기보다는 미완의 작은 기회에 더 가깝게 느껴졌다. 고비라는 건 잘 넘기면 평지를 볼 수 있다는 의미 아닌가? 다행히 당장 큰일이 나진 않는가 싶었다. 옅은 안도의 한숨이 새어나왔다. 아빠가 사선을 넘나드는데도 기대를 갖는 것이 한편으론 신기했다. 나처럼 '걱정 보따리'를 이마에 얹고 사는 사람이 죽음의 그림자가 짙어지는 이때에 희망을 품다니. 아니, 어쩌면 관성이었는지 모른다. 아빠는 몇 번이고 다시 일어나셨으니까.

어느 틈에 동생, 그리고 막내 고모와 고모부가 우리 옆에 와 있었다. 아니, 고모가 언제 이리 작아지셨대? 어릴 때는 엄마보다도 아빠보다도 무서운 호랑이 고모였는데. 할아버지, 할머니, 고모랑 다 같이 살던 어린 시절에, 아빠와 엄마는 밤늦도록 일을 하셨다. 그때 20대였던 고모가 우리에게는 학생 주임 같은 존재여서, 동생과 나는 고모가 퇴근할 시간만 되면 이불을 뒤집어쓰고 자는 척을 했다. 숙제를 제대로 안 했다거나, 할아버지 할머니 말씀을 안 들었다거나 하는 일들이 고모에게 발각되면 끝장이었다.

"네 동생 성훈이가 좀 유난스러웠니? 걔가 거짓말이라도 하면 그게 다 내 책임인 줄 알고, 애 망치는 줄 알고 얼마나 철렁했는지."

고모는 여전히 우리 집 일에 마음을 쏟으신다. 오늘도 서둘러 아빠 곁으로 달려오셨다. 언제까지고 늙지 않을 것 같던 고모 얼굴에서 돌아가신 할머니를 본다.

"언니, 잠깐 숨 좀 돌려요."

장기전을 앞두고 고모는 엄마를 휴게실로 모시고 갔다. 누가 올 때까지 아빠 곁에서 혼자 고군분투했을 엄마, 얼마나 외롭고 겁났을까?

'엄마'라는 말은 너나없이 듣기만 해도 울컥한다지만, 세계 102개국의 4만 명이 고른 가장 아름다운 단어가 mother라지만, 사실 내게는 엄마에 대한 애틋한 감정이 별로 없다. 내 눈에는 자기중심적인 아빠와 사느라 고생하는 한 사람으로만 보였다.

40여 년을 함께해온 파트너가 어쩌면 이제 없어질지도 모른다는 생각, 그리고 그것을 입증하는 기계 장치의 수치들. 그 앞에 무기력하게 던져진 한 인간. 그날 병원에서 엄마는 그렇게 보였다.

"아빠가 혼자 병원에 버려졌다는 생각이 들지 않게 할 거야."

엄마는 이렇게 말하곤 했다. 아빠가 마지막에 머물던 곳은 '환자 안심 병동'이라고 해서, 간호사와 조무사가 간병까지 도맡기에 간병인이나 보호자가 지킬 필요가 없었다. 그런데도 엄마는 입맛 잃은 아빠를 위해 매일 아삭이고추며 나물이며 과일 같은 신선한 먹을거리를 챙겨서 병원으로 출근하셨다. 굳이 점심과 저녁 두 끼를 아빠와 함께 좁다란 병상 식탁에서 드셨다. 그걸 보고는, 찾아오는 이 하나 없던 옆자리 환자는 우울한 노래를 크게 틀어대며 심술을 부렸다. 그래도 아랑곳하지 않고 엄마는 아빠에게 열심이었다. 이런 엄마의 마음을 누군가는 사랑이니 정이니 하는 말로 표현할지 모르겠다. 내 눈에는 그저 40년 동업자에 대한 도의적 책임감에 가까워 보였다. 지금 그 오랜 동업자의 생명이 위태롭다. 그것을 의사는 '고비'라는 말로 표현하고 갔다.

이런, 감상에 빠져 있을 때가 아니다. 나는 당장 할 일이 있다. 엄마에게 바통을 이어받아, 동생은 아빠의 배를 문지르고 나는 심호흡 구령을 붙였다. 아빠는 여전히 통증을 호소하며 심호흡을 따라하셨다.

아빠의 임종

병원에 도착한 지 한 시간쯤 지난 듯하다. 아빠의 집중력이 점점 떨어진다. 자꾸만 호흡을 놓치셔서 내 채근 횟수도 늘어난다. 얼굴을 가만히 들여다보니 눈동자가 아까보다 위로 올라간 것 같다. 흰자가 많이 보인다. 그러고 보니 눈을 깜빡이지 않고 부릅뜨고 있다. 드라마나 영화를 보면 이러다가 고개가 옆으로 홱 떨어지며 저세상으로 가던데. 겁이 더

럭 나서 휴게실에 계신 엄마를 불렀다.

"엄마, 아빠 눈이 이상해."

아빠의 호흡이 급격히 약해졌다. 심전도기 숫자가 0에 가깝다. 설마 이렇게 조용히 가버리신 건가? 아빠, 이건 아니지! 우리는 침대에 매달려, 아빠 품에 엎드려, 멀뚱히 서서 엉엉댔다.

"아니 아니, 아직 오정범 님 의식 있어요!"

심전도기를 살펴보던 의사가 다급하게 소리를 질렀다. 우리는 재빨리 울음을 거두었다. 그나마 안도했다. 이렇게라도 조금씩 고비를 넘길 수 있을 거라 기대했는지 모른다. 아빠는 심정지 상태에서도 살아나신 분이니까.

그렇지만 이제는 정말로 의식이 없는 것 같다. 심호흡 유도도 약손도 더 이상 하지 않고, 우리 모두 심전도기 모니터만 뚫어져라 지켜보았다. 결승전에서 종료 시간을 앞두고 막판 뒤집기를 노리는 선수의 코치가 초조하게 시계를 들여다보는 그 심정일 것 같다. 설마 이렇게 끝나진 않겠지? 그러나 생존을 가리키는 수치는 서서히 하락 신호를 보내고 있었다. 결국 모니터에서 깜빡이던 조그만 하트 표시가 뚝 멈춰 선다. 아빠의 맥박이 멈춘 것이다.

"2018년 6월 9일 21시 43분, 오정범 님 사망하셨습니다."

드라마에서나 보던 그 장면이 내 일이 되었다. 아니, 오늘 밤이 고비라더니 이렇게 갑자기 가실 수도 있나? 정말 끝인 건가? 너무도 황망했다. 그간 끈질기게 몇 번이나 고비를 넘겨오셨는데 이번엔 아니었다. 아빠는 유언도 작별도 없이 훌쩍 떠나셨다.

"아직 오정범 님 귀가 열려 있으니 가족 분들은 하실 말씀 남기세요."

"더 잘해주지 못해 미안해, 여보. 잘 가."

"편안히 쉬세요, 아빠."

"아이고 오빠, 거기 가서는 아프지 말고 잘 지내시구랴."

"아빠, 아빠…."

초짜 상주의 첫 번째 임무

장례를 준비하다

각자 아빠에게 안녕을 고하는데 나는 떨리는 목소리로 “아빠, 아빠…”만 불렀다. 인생의 많은 시간을 미워한 상대에게 사랑했다느니 미안했다느니 입에 발린 소리는 나오지 않았다. 죄의식의 발로이기도 하고, 무엇보다 나는 그 순간 머릿속에 넣어두었던 ‘만일의 경우’ 모드로 전환해야 했다. 51 대 49의 확률로 생존을 기대했기에 진짜로 이 상황까지 올 줄은 몰랐는데, 아니 당장 이렇게 닥칠 줄은 몰랐는데, 어쩔 수 없다. 받아들여야 한다.

2018년 6월 9일 오후 9:55

"채원이 네가 정신 바짝 차려야 한다. 맏이잖아."

병원 복도에서 벽에 기대 훌쩍대다가, 문득 선배의 나직하면서도 단호한 목소리가 떠올랐다. 후아, 이제 시작이구나. 무대에 올라가기 직전처럼 긴장된다. 이런 때는 심호흡이 약이다. 무대 공포증이 있는 학생에게 종종 이 처방을 건네곤 한다.

크게 심호흡을 반복하며 머릿속 매뉴얼을 가동한다. 이건 일이다. 냉정해야 한다. 상조 회사 김 부장이 알려준 지침대로 순서를 복기한다. 당장 내가 해야 할 일을 따져보자.

① 상조 회사 고객 센터에 전화로 접수한다.
② 장례 지도사 파견을 요청한다.
③ 병원 측에 ○○상조에서 담당자가 오는 중이라고 말해둔다.
④ 장례 지도사의 전화를 기다린다.

잊어버리지 않으려 연신 중얼대며 전화를 걸었다. 그러고는 병원 복도에 서 있다가 간호사의 호출을 받고 아까 그 스테이션 공간으로 들어갔다. 아빠를 휘감았던 기계 장치며 호스들은 모두 거두었다. 몇 분 전까지 고통으로 일그러져 있던 아빠의 얼굴이 평온하다. 안색이 뽀얗기까지 하다. 그래, 아빠한테는 잘된 일인지도 몰라. 그간 고생 많았던 엄마한테도.

"채원이가 우리를 안 불렀으면 임종도 못 지킬 뻔했구나."

엄마와 고모는 아빠의 평온한 얼굴을 보고 다소 안정을 찾으신 모양이다. 울음소리가 잦아들었다. 드라마에서 남편이 세상을 떠나면 그 아내나 모친은 바닥에 주저앉아 목 놓아 울다가 정신을 잃고 응급실로 실려간다. 이런 장면을 봐온 학습 효과가 나의 무의식에 자리를 잡은 모양이다. 엄마가 실신이라도 하면 어쩌나 걱정했는데, 이만하길 다행이다. 자식들에게 평생 다정한 모습 한 번 보여준 적 없는 부부였기에, 엄마가 이렇게 냉정을 찾는 것이 어쩌면 더 자연스러운 것 같기도 하다. 그래도 혹시나 하는 마음에 나는 엄마에게서 눈을 떼지 않았다.

엄마는 아빠를 눈에 담고 있다. 온전한 모습의 아빠를 보는 것은 아마도 지금이 마지막일 것이다. 사망한 사람의 얼굴을 실제로, 이렇게 가까이서 보는 것은 처음이다. 아빠를 이만큼 밀착해서, 이렇게 한참 동안 바라보는 것도 처음이다. 마치 곤히 주무시는 것 같다. 방금 전까지의 사투는 간곳이 없다. 본래 마른 분이 더 가늘어지셨네. 살은 증발하고 뼈마디 위에 얇디얇은 거죽만 한 겹 덮은 것 같다. 사람은 아이로 왔다가 아이로 간다지? 얼굴이 아기같이 작다. 얼굴을 쓰다듬으니 아직 온기가 남아 있다. 아빠의 배를 덮은 하얀 시트가 오르락내리락하는 것만 같다. 에이, 그럴 리가. 눈을 감았다 다시 떠 보아도 배가 움직이는 것 같다. 10여 분 전에 내 귀로 아빠의 사망 선고를 들었다. 분명히 그랬다. 그런데도 혹시나 하는 마음에 아빠 코에 손을 대본다. 바람이 없다. 실감 나지 않는다. 아빠가 돌아가셨다니. 이 현실을 부정할 수도 긍정할 수도 없는 상태로, 그저 아빠를 바라보고 서 있었다.

장례식의 스·드·메

"아이고, 상주니임, ○○상조입니다아."

기다리던 장례 지도사의 전화가 왔다. 하아, 시나리오대로 착착 진행되는구나. 당장 병원에서 사망진단서를 받고, 아빠의 주민등록증도 함께 사진을 찍어 문자로 보내란다. 화장터를 예약해야 하니 서두르라 당부한다.

이게 가장 큰 변수다. 행여나 화장터를 제때 잡지 못하면 발인이 마냥 늦어질 수 있다. 그러면 장례를 망치는 것이다. 혹시나 깜빡할까 봐 전화를 끊자마자 그의 주문을 핸드폰 메모장에 기록한다. 그리고 엄마, 동생, 고모, 고모부께 실황 중계한다.

다음 임무는 빈소 마련이다. 상조업체에서 다 처리해주고 나는 고상하게 조문객만 맞으면 되는 줄 알았는데, 유가족이 직접 할 일이 꽤 많구나. 처음 해보는 일이라 바짝 긴장이 되지만 어쨌든 해내야 한다. 동생을 엄마 곁에 남겨두고, 고모부와 함께 병원 장례식장 매점으로 갔다.

올해로 환갑을 맞으신 고모부. 30여 년간 집안 대소사는 누가 부탁하지 않아도 도맡아오신 '홍 반장'이자, 무엇이든 뚝딱인 '맥가이버'. 하지만 나와는 별로 교류가 없던 고모의 남편. 고모부께 감사하다는 생각을 이때 처음으로 한 것 같다. 나는 물정을 몰라 허둥지둥하는데 의지할 어른이 옆에 계시니 얼마나 다행인지 모른다. 나 혼자가 아니다.

장례식장 매점은 밤 10시가 한참 넘었는데도 대낮인 양 우리를 맞는다. 그래, 사람은 시간을 따지지 않고 죽지. 담당자는 마치 음식점 메뉴판 건네듯 장례식 관련 카탈로그와 요금표를 내준다. 조문객 수를 가늠하며 방의 크기를 고른다. 어쩐담. 지금은 빈방이 없으니, 내일 아침까지 거의 열두 시간을 기다려야 한단다. 예상하지 못한 일인데. 걱정스런 마음으로 고모부와 상의했다.

어차피 너무 늦은 시간이라 조문객이 오지 않으니, 내일 아침 일찍 빈소를 차려도 괜찮다고 하신다. 그래, 별 문제 아니다. 아직은 잘하고 있다.

이어서 수의, 상복, 제단 장식, 식사 메뉴와 수량을 결정한다. 적절한 가격이 얼마인지 알 길이 없어 목록을 보고 또 본다. 아무래도 비싼 것이 좋아 보인다. 고모부가 자세히 살피시더니 적당한 선을 짚어주신다.

"한 번으로 끝낼 일인데, 남들 눈 의식하느라 돈 많이 쓸 필요 없어. 초라하지만 않으면 돼. 자식 입장에서는 당연히 제일 화려한 것으로 해드리고 싶겠지만, 나중에 보면 그럴 필요까진 없었다 싶을 거야. 다 효심팔이 장사하는 거다."

아빠가 가신 지 한 시간이나 지났을까? 새날이 밝기까지 두 시간도 안 남았다. 이제 곧 6월 9일을 넘기고, 6월 10일이 된다. 그런데 그 와중에 장례 지도사와 전화로 실랑이가 붙었다.

당초 계약은 기본 삼일장 기준으로, 상차림과 장내 정리를 도와줄 도우미 여사님들을 파견하고 장례 지도사가 발인까지 장례 진행 전반을 도와주기로 했는데, 사흘 중 이미 하루를 썼단다. 아무리 늦은 시간에 돌아가셨어도 그날을 하루로 계산하는 법이란다. 아직 빈소도 못 차렸는데, 병원 복도에서 보낸 그 밤중 몇 시간을 삼일장의 하루로 친다고? 이틀만에 장례를 치르라고? 그럼, 조문객을 하루만 받으라고? 나도, 장례 지도사도 같은 말을 되풀이하며 따졌다. 뫼비우스의 띠처럼 끝이 나지 않는다.

"빈소도 못 차렸는데 이걸 하루로 친다는 게 말이 돼? 당신들이 와서 한 게 뭐 있다고?"

옆에 계시던 고모부가 전화를 바꿔달라고 하신다. 대단한 논리나 공략도 없이, 욕설이나 큰소리도 없이, 고모부의 지당하신 몇 마디에 바로 상황이 정리된다. 많은 일이 이랬다. 내가 아무리 논리적으로 따져도 꿈쩍 않던 사람이, 남자가 상대로 나서면 바로 물러난다. 이 상조 상품의 계약자는 나란 말이다. 젊은 여자라고 얕보는 거냐? 어떻게든 장례를 치러야 하는 우리가 을이라 이거냐? 이것들이 시신을 볼모로 '갑질' 하는구나.

화가 난다. 하지만 일단 참자. 무사히 삼일장을 마치는 게 관건이다. 큰일 치르면서 큰소리 내면 안 된다고 어른들이 그러셨다.

속으로 다짐한다. 슬픈 틈을 타 장사해먹는 자들의 속셈에 휘둘리면 안 된다. 아직 본경기에 들어가지도 않았는데, 냉정을 잃으면 안 된다. 아, 이래서 선배가 정신 바짝 차리라고 했구나. 몽롱해질 뻔한 정신을 다시 한 번 붙잡는다. 잡는다고 잡히는 건지 모르겠지만, 아무튼 잡으려고 애썼다. 장례를 무사히 마쳐야 하니까. 나는 맏이니까.

삼가 알려드립니다

부고 띄우기

2018년 6월 9일 오후 11:23

"언니, 집에 가서 눈 좀 붙여요. 장례 치르려면 체력을 비축해둬야죠."

고모가 엄마를 모시고 집으로 들어가라 하신다. 내일 아침에야 빈소가 마련된다니 일단 집으로 가자. 병원에서 보낸 시간은 세 시간 정도인데, 벌써 아득하다. 아빠의 부재는 의식에 있었다 없었다 한다. 현재 내 의식을 지배하는 건 오로지 장례다. 장례를 치르려면 집에 가서 처리할 일들이 또 있다. 장례 지도사가 요청한 서류를 문자 메시지로 보내야 하고, 부고도 전해야 한다.

부고는 핸드폰 문자 메시지로 알리기로 했다. 누구에게, 언제, 어떤 문구를 전송할지는 엄마와 의논했다. 우선 엄마와 나, 동생의 지인은 각자 알아서 연락하기로 했다. 문제는 아빠의 지인인데. 아무리 부부여도 아빠의 인간 관계를 엄마가 모두 알 수는 없는 노릇이라, 아빠 핸드폰의 주소록에 있는 모든 분께 메시지를 보내기로 했다. 친밀한 정도는 부고를 받은 이들이 판단하시라면서.

"대체 다른 사람들은 부고를 어떻게 작성했지?"

막상 부고를 쓰려니 앞이 막막하다. 인터넷을 믿었건만, 네이버 지식인이며 상조업체 홈페이지며 문자 전송 서비스 사이트며 샅샅이 뒤져도 예시가 마땅찮다. 사람은 누구나 죽고, 그 죽음을 알리는 것이 그다지 특수한 일도 아닌데, 왜 이리 적당한 문안이 안 보이지? 아니, 이게 뭐 그리 대단한 문학 작품이라고, 이렇게까지 자료가 빈약할 수 있나? 모두 유료 서비스가 돼서 내가 못 찾는 건가? 보이는 것이라곤 죄다 한문투성이라 읽기 불편하거나, 무미건조해서 글이 말을 거는 느낌이 들지 않는다. 예의도 정보도 잘 전달하고 싶은데. 할 수 없다, 자가 발전해야지.

"서울의료원은 삼성동에도 있어. 헷갈리지 않게 '신내동'

이라고 써야 돼."

"아빠랑 엄마 손님은 성당 교우가 많을 테니까 세례명도 적을까요?"

"나이 든 사람들은 스마트폰을 안 쓰는 경우가 많아. 문자가 길면 피처폰에서는 잘리더라. 짧게 써야 돼."

꼭 적어야 할 내용이 뭔가, 친절한 부고는 어떠해야 하는가를 엄마와 따져보았다. 글의 목적이자 제목, 고인의 이름, 빈소 설치 시간, 발인 날짜, 장례식장의 명칭과 교통편, 연락처, 상주 이름. 본래 부고를 알리는 주체이자 장례의 총책임자는 호상護喪이라 하여 가문의 어른이 맡는 법이라는데, 우리는 부고를 받는 분들이 알아보기 쉽게 동생과 나의 이름으로 갈음했다. 이것이 요즘 방식이기도 하고. 엄마 이름도 넣을까 여쭤보니 그럴 것 없다고 하셨다. 엄마와 나는 자정 넘어 1시까지 이런 것을 논의하고 있었다. 슬픔은 우리 모두의 머릿속 저 안쪽에 밀려나 있었다.

"문장 마칠 때마다 엔터 키를 쳐봐."

1안을 보신 엄마는 글이 눈에 잘 안 들어온다며, 띄어쓰기가 필요하다고 지적하신다. 역시 작가답다. 우리는 지금 우리가 왜 이런 일을 하고 있는지 그 원인인 아빠는 잠시 잊은 채 글쓰기에 몰입했다. 완성된 메시지를 엄마와 아빠의 핸드폰으로 보내 명료하게 보이는지 확인한다. 기종에 따라 글이 달리 보일 테니까. 2안을 거쳐, 드디어 6월 10일 새벽 1시 39분에 3안으로 결정됐다.

[삼가 알려드립니다]

부친(오정범 마태오)께서
영면하셨습니다.
6/10 낮 12시에 신내동
서울의료원에 빈소가
마련됩니다.
(6/12 발인, 6호선
봉화산역, 장례식장 2호
02-22△△-△△△△)

오채원, 오성훈 올림

마지막 결정 사항이 남아 있었다. 언제 메시지를 전송할 것인가? 아직 새벽이라 민폐가 될 테니 아침이 밝으면 문자를 보낼까 어쩔까 또다시 의논을 했다.

전날 저녁에 같이 영화를 보려 했던, 내가 황망하게 병원으로 가는 모습을 본 친구가 걱정이 됐는지 전화를 걸어왔다. 별수 없이 부고를 알릴 수밖에 없었다. 다른 사람들에게도 소식을 전해야 하는데 언제 보내는 것이 적당한지 모르겠다고 고민하자 친구는 새벽이라도 상관없다며, 하시라도 빨리 알려주는 것이 조문객을 배려하는 일이라고 강력하게 주장했다. 각자 일정이 있는데 갑자기 조문이 끼어들면 더 곤란한 법이란다. 확신에 찬 말에 고민이 끝났다.

'그렇구나. 그렇겠네.'

이렇게 배우는 것도 있다. 어느덧 아빠가 돌아가신 지 다섯 시간이 지났다. 잠이 올 것 같지는 않지만 눈을 좀 붙여둬야 한다. 잠시 후에는 장례식장으로 가야 하니까. 무사히 치러내야 할 대형 행사가 나를 기다리고 있다.

개와 늑대의 시간

상조업체와의 줄다리기

2018년 6월 10일 오전 10:50

"아이고 상주니임, 얼마나 상심이 크십니까아. 제가 사흘간 물심양면으로 도와드릴 테니 아아무 걱정 마십시오오."

새로운 고객을 맞으려 청소 중인 빈소 앞에서 처음으로 담당 장례 지도사의 얼굴, 아니 '면상'을 보았다. 50대 중후반으로 보이는 땅딸막한 남자는 걸걸한 목소리로 너스레를 떨었다. 그의 위로에서 영혼이라고는 소면 한 가닥만큼도 느껴지지 않았다. 그 목소리 그 톤에 '철수야 놀자, 영희야 놀자, 바둑이도 같이 놀자' 같은 것을 얹어도 다 똑같이 들릴 것 같았다.

'당신이 간밤의 그 문제적 인사구먼? 눈 뜨고 코 베어 갈 인간.'

물건 값 흥정하는 것도 아니고, 아빠 장례를 이틀로 후려치려다가 고모부의 몇 마디에 꼬리 내린 장례 지도사. 그에 대한 신뢰는 이미 바닥으로 떨어졌지만 달리 도리가 없다. 이 사람이 우리를 도와줄 담당자라 하니 적당히 친절하게 대하자. 대신, 선수 치고 들어오지 못하도록 빈틈은 보이지 말아야지. 여보세요, 우리 그렇게 만만한 사람들 아닙니다. 입은 웃으면서도 눈으로는 레이저를 쏘았다.

장례 지도사, 고모부, 나는 빈소 앞 소파에 앉아 전체 장례 일정, 도우미들의 업무 시간, 필요한 서류 등을 공유했다. 일종의 오리엔테이션이라고나 할까? 나로서는 장례 지도사가 언제 또 장난질을 칠지 몰라 고모부가 필요했는데, 장례 지도사에게도 고모부는 필요했다. 그에게 나는 서류상 계약자였을 뿐이니까. 그는 이후에도 나와 이야기할 때마다 "고모부님과 상의해보세요"라고 덧붙였다. 그에게는 고모부가 실세다.

그런데 이 이른 시간에 전혀 예상치 못한 인물이 등장했다. 동생 직장의 상조회에서 나왔다며 30대 초반으로 보이는 말쑥한 정장 차림 남자가 명함을 내민다. 그럼 그렇지. 지난달에 동생에게 직장 상조 프로그램을 확인하라 했을 때만 해도 이 녀석이 그런 거 없다고 단언하더니, 대체 뭘 알아본 거야?

동생네 상조회 담당자는 종이컵과 접시, 상보, 젓가락 같은 소모품은 물론, 도우미 인원과 파견 시간, 장의 차량 서비스 등 제공 내역 전체와 비용을 설명해주었다. 내가 가입한 상조 상품과 비교하면 가격은 조금 저렴한데, 어떤 항목은 이쪽이 좋고 또 어떤 것은 저쪽이 나아서 결정하기가 어렵다. 그래도 가격 경쟁력에 끌리는 것이 인지상정. 엄마, 고모부, 나, 동생이 머리를 맞댄 동안 동생 직장의 상조회로 저울추가 조금씩 기울고 있었다. 이때 눈을 바삐 움직이던 상조업체의 장례 지도사가 다급히 다가와서는 색이 탁한 코팅 종이 한 장을 들이밀었다.

"이건 지금은 판매 안 하고 예전에 판매하던 상품인데요오. 오채원 님이 가입하신 것보다 저렴합니다아. 제 세례명이 디모테오예요오. 아이고, 저도 성당 교우라서요오, 마테오 형제님(아빠)이 남 같지 않아요오. 상품을 이걸로 특별히 전환해드리겠습니다아."

그의 손가락에서 금색 묵주 반지가 반짝한다. 닳고 닳은 사람이구나. 하느님까지 장사에 이용해먹다니. 우리가 그 '교우 찬스'를 순진하게 그대로 받아들일 것이라 믿었을까? 아니면 '좋은 게 좋은 것'이라며 속아 넘어가주길 바랐을까? 얕디얕은 장삿속 언변에 나는 화도 났지만 그보다 어처구니 없었다.

그가 새로 소개한 상품은 이전에 가입한 것과 서비스 항목은 별 차이 없으면서도 가격이 낮다. 분명 내가 지난달에 안내받은 목록에 없던 상품이다. 동생 직장에서 사람이 나오지 않았으면 바가지 쓸 뻔했잖아. 메뉴에 없는 음식을 단골한테만 만들어주는 식당처럼, 상조 상품도 그 자리에서 뚝딱 만들어주는 건가? 동생 직장의 상조 프로그램이 나아 보이고 자칫하다가는 계약이 날아갈지 모른다 싶어지니 이자가 위기를 넘기려 숨겨두었던 패를 내민 것이다.

그와 상조업체의 처사가 황당하지만 그래도 따져보면 조건은 우리에게 더 유리해졌다. 나쁘진 않잖아? 괘씸한 마음은 일단 접고, 우리는 상조 회사의 새 상품과 동생 직장네 상조 조건을 비교했다. 이리저리 들여다봐도 여전히 어느 한쪽으로 확 기울지는 않는다. 어느 쪽이든 한둘씩 아쉬운 데가 있다. 그래서 우리는 논의 끝에, 가격 조건이 좋으니 장례 지도사가 새로 제시한 상품으로 갈아타고, 동생네에서는 일회

용 소모품과 도우미만 지원받기로 했다. 우여곡절이 있었지만 어쨌거나 조문객 맞이에 한결 여유가 생겼다. 잘된 일이다. 풀 옵션을 장착한 든든한 느낌마저 들었다. 그리고 한 가지 더. 말은 하지 않았지만, 엄마는 동생의 직장 이름이 선명하게 박인 종이컵이며 젓가락 등 상차림이 자랑스러운 눈치다. 아무렴, 자식 직업이 부모에게는 성공의 바로미터인데, 맏이인 내가 그런 뿌듯함을 안겨드리지 못해 조금 씁쓸했다. 동생이라도 자식 노릇해서 다행이다 싶으면서도.

사실 장례 지도사의 활약은 여기서 그치지 않았다. 대체로 상조 상품은 적금처럼 목표 금액에 이르기까지 다달이 불입하는 방식이다. 불입 도중에 초상이 나면 일단 장례를 치르고 나머지 불입금을 일괄 지불한다. 장례를 기점으로 계약이 자연히 없어지는 것이다. 그런데 장례 다음 달에도 통장에서 돈이 빠져나갔다. 어찌된 영문인지 몰라 장례 지도사에게 전화를 걸었다.

"애써주신 덕분에 장례 잘 치렀습니다. 고맙습니다. 그런데 제 통장에서 또 출금이 됐어요. 뭔가 착오가 있는 것 같은데 확인 부탁드립니다."

비용을 치렀다고는 해도 장례를 도와준 그에게 고마운 마음이 없지 않았다. 그래서 진심을 담아 말했는데, 그의 반응이 기막히다.

"무슨 말씀이세요오? 장례식장에서 상품 하나를 더 가입하셨잖아요오."

더 저렴한 상품으로 전환해준다더니, 그는 우리를 속여서 하나를 더 가입시킨 것이었다. 나의 항의에 그는 모르쇠로 제 주장만 반복한다.

"나아중에 어머님 장례 때 사용하시면 되죠오."

어이없다. 이자와는 말이 안 통한다. 상조업계에 문제가 많다더니 역시 그렇구나. 부글부글 끓는 분노를 간신히 누르고 상조 회사의 김○○ 부장에게 전화를 걸었다. 두 달 전 상품 가입 때 상담한 사람이다.

"소비자보호원에 신고부터 하려다가 확인차 연락드립니다. ○○○ 대표님께 부장님을 소개받은 인연도 있고 해서요."

나는 당연히 계약 해지와 책임자의 사과를 요구했고, 김 부장은 확인 후 연락하겠노라고 했다. 나는 씩씩거리면서 그의 전화를 기다렸다. 어쭈, 하루가 지났는데 조용하네? 내 이 인간들을 가만두지 않겠어. 한층 사납게 씩씩거리며, 상조 피해 사례를 검색해 대응책을 수집했다. 항의 이틀 후에 ○○상조의 이사라며 점잖은 목소리의 남자가 전화를 걸어왔다.

나를 속여 가입시킨 상조 상품은 계약 해지하겠으며, 문제의 장례 지도사는 한 달간 업무에서 배제하고, 대신 친절 교육에 참가시킬 테니 노여움 푸시란다. 이사라는 사람 역시 잣알만큼도 진심이 느껴지지 않았다. '옜다, 먹고 떨어져라' 그 이상도 이하도 아니다. 그래, 더럽지만 내 정신 건강을 위해 여기에서 그친다. 이건 어디까지나 나를 위해서다. 당신들에게 진 것이 아니라.

다급하고 암담한 순간 만날 수밖에 없는 그들에 대한 심정을 '개와 늑대의 시간'이라는 프랑스식 표현에 빗댈 수 있을 것 같다. 해 질 무렵의 어둑한 시야 속에서 어슬렁대며 다가오는 상대가 내 개인지 아니면 나를 헤치려는 늑대인지, 그러니까 그들이 내 편인지 아닌지를 나는 분간하기 어려웠다. 초짜인 내가 의지할 수밖에 없었던 그들이, 장례 전문가인 그들이 내게 조금이라도 우호적인 이들이라고 믿고 싶었다. 아니, 내 편이 아니어도 상관없다. 어떤 선택을 해야 내게 이익인가만 파악하면 된다. 이렇게 계산기 앞에서 죽음과 장례의 본래 의미 따위는 저만치 가 있었다.

상갓집의 품격

장례식의 고정 관념

2018년 6월 10일 오전 11:10

청소가 끝나고 빈소를 차리는 사이, 아빠는 물론이고 엄마와 나, 동생과 올케의 지인들이 보낸 조기弔旗와 화환이 속속 도착한다. 유력자나 유명인처럼 복도가 차고 넘칠 정도는 아니어도, 부실한 모양새 또한 아니다. 다 허례허식이라지만 자식 입장에서는 아빠를 보내드리는 자리가 초라하지 않아서 다행이다.

조기와 근조 화환을 챙겨 보내주신 분들께 나중에 빠짐없이 인사를 드리려 하나하나 사진을 찍어둔다. 속물인가, 우리 식구들의 사회적 입지를 가늠하며 내심 뿌듯해진다.

'그래도 남들만큼은 살았어, 우리가.'

경쟁심과 허세는 죽음 앞에서도 예외가 아니다.

빈소 개시 시간은 낮 12시. 아직 30분이 남았다. 제단을 차리고 우리도 검정 상복으로 갈아입는다. 엄마와 나와 올케는 머리에 흰 리본을 꽂고, 서열 1위인 '남자 동생'은 왼팔에 상주 완장을 찬다. 상주 완장이 일제 잔재라는 기사를 여러 번 봤지만, 남들 다 하는 것을 우리만 안 하는 게 어찌 보일까 마음에 걸려 이견 없이 따른다. 장례식장에서 유난 떠는 것은 남들 보기에 좋지 않다고들 하니까. 장례에서는 전통이니 효도니 하는 명목으로, 수두룩 빽빽한 불편한 일들을 참아 넘겨야 한다.

"아빠 얼굴이 환하네."

근본도 아리송한 전통치레 장례에서도 역시 첨단 기술이 빛을 발하는구나. 제단에 올린 영정 액자의 LED 조명이 고인을 환하게 밝힌다. 그의 삶이 진정 빛났는지는 모르겠지만, 여기서는 그런 셈 쳐준다. 장례식장에서 만난 우리의 모습 낱낱에서 정체 모를 괴리를 느낀다. 삶과 죽음, 실재와 이미지, 형식과 진심, 관습과 합리의 혼재. 이러한 이질감 속에서 우리는 장례 모드 스위치를 켜고 손님 맞이에 들어갔다.

어언 12시가 되어간다. 신장개업한 상점 주인처럼 긴장해 앉지도 서지도 못하고 있자니 한 분 두 분 손님이 들어오신다. 마침 일요일이라 지방에서도 어렵지 않게들 오시는 것 같다. 영동에서 과수원을 하는 큰고모도 도착하셨다. 돌아가신 할머니와 판박이인 큰고모는 어려서부터 병약해 고비를 숱하게 넘겨온 아빠를 '바라보기만 해도 아까운 내 동기'라며 아끼던 분이다. 배짱이 두둑해 큰살림을 척척 꾸려온 대장부에, 눈치와 재치를 갖춘 분위기 메이커 큰고모.

"아이고오, 아이이고오오오."

큰고모는 신발을 벗기도 전에 곡을 하며 들어서신다. 그래, 초상집이 맞구나. 옛날에는 상주 대신 곡하는 곡소리꾼을 샀다더니 이유가 있었네. 고모의 곡소리에서 구슬픔을 넘어 카타르시스마저 느꼈다. 우리는 여태껏 찔끔거리고 있는데 고모는 참 시원스럽게 우시는구나.

"아이고, 형님, 저 이제 어떡해요?"

큰고모의 곡소리가 마중물이 되었다. 엄마는 큰고모를 부둥켜안고 그제야 오열하셨고, 나는 잠가두었던 눈물 꼭지를 찔끔찔끔 다시 틀었다. 장조와 단조를 넘나들며 절묘하게 꺾이는 고모의 곡소리는 때로 타령이나 창 같기도 했다. 거기에는 일정한 형식이 있었다. 유행가의 후렴구처럼 몇 소절의

가락이 돌아가며 반복됐다.

소강 국면으로 들어간 고모는 점차 눈물이 그치고 입으로만 '아이고아이고' 하셨다. 마치 어린아이의 마른 울음처럼. 큰고모 등장 이후, 빈소는 제법 초상집다운 초상집이 되었다. 그전까진 상복 입은 사람들이 엉성하니 서 있기만 했는데. 곡소리, 눈물 바람, 근조 화환, 향냄새, 육개장, 그리고 사람들이 어우러져 웅성거리는 풍경이 본격적으로 펼쳐졌다.

상주다운 상주

"엄마, 눈썹만 살짝 그리는 건데 그것도 안 돼요? 티 안 나게 아주 살짝."

장례식장으로 출근하는 첫날 아침, 집에서 나갈 채비를 하며 엄마께 여쭈었다. 상주는 화장을 하지 않는 법이라고 들었지만 존재가 미미한 눈썹이 아무래도 거슬린다. 거울 속 흐릿한 내 인상이 마음에 들지 않는다. 그간 공들여 고수해 온 내 이미지와 의례 문법 사이에서의 충돌.

"상주가 화장했다고 사람들이 욕한다."

타인의 눈으로 자신을 재단하는 시선의 충돌 지점에서 어른들은 단호하다. 선풍적으로 유행한 짧은 청반바지를 처음으로 입고 외출했던 스물한 살의 어느 날, 아빠는 다짜고짜 내게 불을 뿜으셨다. '유행'이라는 공인된 잣대는 '딸 교육 잘 시키라'는 남자 어른의 지적을 이기지 못했다. 그것은 사회적 합의를 가장한 권력자의 기준이다. 권력자인 아빠가 비난의 화살을 맞게 생겼으니, 딸은 복종할 수밖에 없었다.

나는 가까운 이를 만날 때도 맨얼굴로 대한 적이 거의 없다. 별로 티도 안 나는 화장이지만, 성실히 그리고 다닌다. 화려하게 꾸미려고 한다기보다는 모자란 부분을 보여주고 싶지 않다는 의지일 것이다. 프로는 언제 어디서든 자기 관리에 철저한 법이라고 배웠다. 그러나 그간 고수해온 내 이미지보다 지금은 상주로서의 적절한 행실이 더 중요하다. '남들의 욕'이 나를 넘어서 우리 가족, 특히 엄마에게 향하지 않게 해야 한다. 하는 수 없이 얼굴이 당기지 않도록 스킨과 로션만 바르고, 콘택트렌즈 대신 평소 꺼리던 '사감 선생' 같은 안경까지 쓰고 집을 나선다. 내 이미지는 어쩐담. 아는 사람들이 더 신경 쓰인다. 서양 장례식에서 여자들이 검정 베일을 쓰는 이유를 알 것 같다.

"잘 시간도 부족했을 텐데, 이 언니 샤워하고 머리도 만졌

네. 상주가 까치머리면 좀 어떻다고?"

놀란 것인지 놀리는 것인지, 나의 '관리병'을 아는 이가 대뜸 짚어낸다. 사진작가답군, 역시 예리해. 30분만 더 자는 것이 소원이던 박사 과정 중에도, 나는 매일 새벽에 일어나 샤워하고 고데기로 머리를 말고 화장을 했다. 특히 사회에 나온 이후, 나는 생존력 강한 전문가의 적절한 모양새를 갖추기 위해 남의 눈으로 나를 바라보는 습관이 몸에 배고 말았다. 일생일대의 슬픈 순간에도 이미지 타령일 정도로.

"하이고, 채원이 왜 이렇게 말랐냐? 불쌍한 것."

그해 나는 이유 없이 몸무게가 저점을 찍고 또 찍었다. 밥맛이 없지 않은데도 광대뼈는 점점 더 도드라졌고, 오랫동안 나의 상징과도 같았던 햄토리 볼살이 실종됐다. 우리 집 사정을 아는 사람들은 '아빠 때문에 마음고생이 심한가 보다' 하며, 말도 안 되게 나를 효녀로 만들었다. 문상 온 사람들 역시 아빠 잃은 상심에 얼굴이 상했다며 안타까워했다. 아니라고 손사래를 쳐도 사람들은 믿고 싶은 대로 믿기 마련이다. 그냥 묵묵히 있자. 게다가 색칠도 하지 않아 허연 얼굴과 검은 상복은 강렬한 흑백 대비를 일으켜 나를 더욱 애처로워 보이게 만들었다. 이 모든 것이 상가의 애도 분위기를 고조시키는 듯했다. 상주로는 참으로 편리한 외양이구나. 알아서

들 해석하고 안쓰러워 해주시니.

고기를 사주겠다는 분들이 많은 것은 좋았다. 아마 남들보다 조금 이른 나이에 아빠를 여읜 내게 힘내라는 응원의 뜻이리라. 배가 고프면 더 슬프다고 했다.

"사람들 오기 전에 밥 먹자."

허기는 슬픔도 비껴가지 않는다. 아니, 배가 고프지 않아도 속을 채워두어야 한다. 입시 공부만 그런 것이 아니라 장례도 체력전이다. 우리는 울고 절하는 중노동을 연속해야 하니까, 피크 타임을 비껴서 밥심을 비축해두어야 한다. 오전 11시와 오후 5시 즈음이 되면 까만 옷을 입은 열댓 명이 빈소 접객실 한복판에 주욱 앉아 식사 대열을 짓는다. 영화 속 조직 같다. 그들이 식사를 할 때 나는 분향실 입구에 미어캣처럼 서서 망을 본다. 행여나 조문객이 오면 상주 완장을 찬 동생이나 엄마를 얼른 불러야 하니까.

먼저 식사를 마친 식구들이 어서 먹으라고 돌아가며 채근한다. "예예" 하다가 가까운 문상객이 혼자 밥 먹기 어색할 듯한 상에 뒤늦게 끼어든다. 그때마다 나는 장례식장 입구를 등지고 밥을 먹었다. 옛날사람들은 초상을 치르며 며칠이고 곡기를 끊다가 간신히 미음 몇 숟가락을 드는 둥 마는 둥 했다지. 상복을 입고는 음식을 먹는다는 것이 왠지 죄스러웠다. 코다리조림이 맛있더라는 엄마의 품평, 냉장고에서 시원한 수박을 꺼내 먹으라는 고모부의 말씀이 어색하게 들렸다. 그 와중에도 눈치 없이 육개장이란 녀석은 맛이 괜찮았다.

"요령껏 앉아 있어."

엄마는 자꾸 동생과 나를 불러 자리에 앉힌다. 꾸준하게 들이닥치는 손님을 맞느라 완장 찬 동생은 분향실을 벗어나지 못하고, 나는 장례식장 안팎을 뛰어다녀야 했다. 엄마한테 애를 한 명만 더 낳지 그랬냐고 농담할 정도로 남매는 바빴다. 도우미 여사님들이 상을 차리고 치워주셔도, 친척들이 일손을 도와도, 상주가 할 일들은 또 있다.

"너는 상복 입은 애가 왜 이렇게 뛰어다니니?"

동생은 틈틈이 분향실에 딸린 휴게실에 들어가 정산을 했다. 부조금·방명록 담당 후배와 '홍 반장' 고모부가 한 팀이었다. 나는 그 돈다발을 받아 서류와 함께 작은 크로스백에 넣어 소중히 메고 다니다가, 중간중간 고모부가 주시는 영수증에 맞춰 비용을 치르고, 또 손님이 오시면 채신머리없이 분향실로 '슬라이딩'을 했다. 행여나 돈 문제로 사고가 날까 봐 크로스백은 조문객의 절을 받을 때만 잠깐 몸에서 떼어 놓았다. 그러고는 식사 중인 손님상에 부족한 음식은 없는지 살피고, 혼자 와서 어색해하는 분을 붙들어 앉혀 상을 차리고, 앉을 새도 없이 조문만 하고 가시는 분께는 음료수를 쥐여드렸다. 초상집은 야박하면 안 된다는 옛말을 듣기도 했지만, 그보다는 멀리까지 와주신 분들이 마냥 고마웠다. 상주는 분향실을 떠나지 말고 영정을 지키는 것이 원칙이라지만 나는 가능한 한 조문객을 배웅했다. 그렇게 하고 싶었다. 오랜만에 뵌 분들이 반갑기만 했다. 참 철도 없지.

아빠의 며느리도 나름 열심이었지만, 딸이라서인지 내 눈에 띄는 것이 더 많은 것 같았다. 종일 참견하고 다니려니 그야말로 허리가 끊어질 것 같고, 다리가 퉁퉁 부었다. 그래도 바닥에 다리 뻗고 앉지는 못했다. 왠지 마음이 불편했다.

2018년 6월 10일 오후 11:10

"우리가 알아서 할 테니 너희는 엄마 모시고 들어가."

빈소 출근 첫날부터 열두 시간가량 고강도 근무를 섰다. 조문객의 발길이 끊긴 야심한 밤에 엄마, 동생 내외와 함께 퇴근을 했다. 두 분 고모 내외와 친척 몇 분이 휴게실에서 주무시다가 조문객을 맞을 테니 걱정 말라 하신다. 휴게실 난

방이 잘되는지, 이불은 넉넉한지 '홍 반장' 고모부가 진즉 살펴두신 모양이다.

병원에서 도로 하나 건너면 바로 집이지만 그래도 상복을 벗고 옷을 갈아입는다. 상복을 보면 재수 없다고 하는 사람이 간혹 있다. 게다가 그 컴컴한 밤에 떼로 그런 옷을 입고 다니면 으스스해 보일 수도 있겠다. 죽음의 냄새는 밤에 더 짙어진다.

"어쩐지 절할 때마다 아프더라니."

양쪽 무릎의 검붉은 멍이 눈에 들어온다. 종교나 건강상의 이유로 어떤 분은 묵념이나 기도로 대신하지만, 고인을 대하는 예절의 기본은 여전히 절이다. 영정에 두 번 반 절을 하고, 이어서 상주와 맞절을 한다. 하루 동안 절을 대체 몇 번 했을까? 딱딱한 대자리에서 절을 해대니 무릎이 배겨내질 못했구나. 집에 있는 스노보드용 무릎 보호대가 생각났다. 치마 안에 입으면 보이진 않겠지만, 아무래도 폼이 안 나겠지?

"뭐라 하는 사람 없어. 깔아라."

우리의 멍을 보신 엄마는 다음 날부터 아들, 며느리, 딸에게 방석을 괴어주셨다. 아무리 그래도 상주가 방석에 올라가 절을 한다니. 편한 것은 어쩐지 상주답지 않다. 덕분에 무릎의 멍은 장례를 마치고도 한참 남아 있었다.

그때 이후로 나는 상가에 가면 목례만 한다. 유가족의 고단함이 예사롭지 않다. 단순히 몸이 힘들다는 의미가 아니다. 유가족은 이중 잣대 위에 놓인다. '유가족다움'이라는 세속의 틀 안에서 그 순간을 견뎌내야 하기 때문이다. 아무리 슬퍼도 장례라는 공인된 상황에서만 울 수 있고, 다른 곳에서 다른 사람들까지 우울하게 만들어서는 곤란하다. 밖에서는 '정상적인 생활'을 해야 한다. 부정적인 에너지는 전염이 쉽다나 뭐라나. 명랑한 사회를 해치는 바이러스 전파자로 지목되지 않기 위해 두 얼굴로 지내는 동안 유가족의 속은 곪는다. '울지 마라, 재수 없다'에 대응하는 일, 그것이 진짜 고단함이다.

혼자인 사람과 죽음

조문 방식도 달라진다

"그만 오랬더니 왜 또 왔대?"

장례 이틀째 아침에 벌어진 실랑이. 그녀는 어제도 왔고 오늘도 왔고 내일도 온단다. 빚쟁이도 아니고 일수꾼도 아닌데 따박따박 온단다. 부고를 알리자마자 3일간 장례식장으로 출근하겠노라고 일방적으로 통보해온 터다. 아주 제 맘대로다. 도우미 여사님들이 상차림을 도맡아주셔서 딱히 할 일이 없다는데도 굳이 또 왔다. 혼자 장례식장 구석에 앉아 있는 모습이 딱해서 오며 가며 참견하는 내게 알아서 있다가 갈 테니 신경 쓰지 말란다. 아는 이도 거의 없는 이곳에서 어색할 텐데 밥은 잘 챙겨 먹으려나? 장례식장 여기저기를 살피며 다니는 틈틈이 그녀를 관찰했다.

잠 부족할 상주가 너무 잘 씻고 다닌다며 내 '관리병'을 타박한 바로 그 사람. 동생과 동갑인 그녀는 프리랜서 사진 작가다. '입금만 되면 가리지 않고 다 찍는다'고 하지만, 사람들의 웃는 얼굴을 좋아해서 인물 사진을 주로 찍는다. 덕분에 내 사무실은 나르키소스처럼 내 얼굴 사진으로 도배돼 있다.

사진 속 내 얼굴에서 그녀를 본다. 우리는 둘 다 싱글이고, 여성이고, 겪어온 가족사와 궁극적으로 추구하는 삶의 목표 등에 공감하는 바가 커서, 그녀는 내 말에 툭하면 '소오름'이라며 맞장구쳐준다. 철학을 공부하는 나와 철학적인 사진을 찍는 그녀. 많이 다르고 또 많이 닮은 우리. 그래서 그해 우리는 세상에 없던 전시회를 함께 열어보자고 의기투합해서는 내내 붙어 다녔다. 걸그룹처럼 이름도 만들고. 그러던 차에 아빠가 돌아가셨다.

"누구야, 그 사람?"

레이다를 돌려 찾아보니 그녀는 모르는 사람과 마주 앉아서 이야기를 나누고 있다. 상주라고 문상객의 얼굴을 다 아는 건 아니다. 이런 큰일 때마다 '너는 잘 모르겠지만' 단서가 붙는 친지를 참 많이도 만난다. 상대가 자리를 뜬 뒤 그녀에게 아는 사람이냐 물었다. 모른단다. 처음 본 분이란다. 대체 무슨 상황이래?

"고 원장님이 임무를 주셨어요."

앞서 단골 치과 원장님이 다녀가셨다. 10여 년째 인연을 이어가는 그분은 '어금니 꽉 깨물고' 사느라 부서지고 마모된 나의 이빨만 돌봐주시는 게 아니다. 바로 그런 증상을 일으키는 심리 기제와 그 마음을 다스려 챙기는 법을 알려주시고, 때로는 일과 연관해 사람을 소개해주기도 하신다. 그녀와 원장님도 두어 달 전에 만난 적이 있다. 전시 공간을 물색하던 우리에게 원장님이 삼청동의 갤러리 대표를 소개해주어서 넷이 함께 식사를 했다.

뭐라도 도움이 되고 싶은데 방법을 모르겠다며 그녀는 원장님께 고민을 토로했단다. 그랬더니 원장님이 최근에 모친상을 치르며 아쉬웠던 점을 말해주셨다고 한다. 혼자 오는 조문객을 응대하기가 난감하다고. 그런 분들 말동무를 해드리라고.

"안녕하세요. 저는 사진 찍는 차경입니다. 혼자 오셨어요?"

이후 그녀는 마치 '도를 아십니까' 포교사처럼 움직였다. 접객실 안쪽 구석에 앉아 입구를 응시하다가 혼자 오는 손님을 포착해낸다. 그러고는 그분이 자리를 잡으면 맞은편에 덥석 앉는다. 무슨 이야기를 나눴냐는 나의 물음에 그녀는 대수롭지 않은 듯 말했다.

"나랑 언니의 관계를 말하고, 내 임무도 알려드렸지. 그 다음엔 별로 할 이야기가 없더라고. 처음 보는 사이라."

애썼구나. 모르는 사람을 상대하는 일은 소통을 연구하고 강의하는 내게도 절대 쉽지 않다. 대화는 상대의 말에 고리를 잘 걸어 다음 말이 이어지게 하고, 또 상대가 내 말에 고리를 걸게끔 끌고 나가는 작업이다. '먹이를 찾아 헤매는 하이에나'와 같은 집중력을 발휘할지라도 공유하는 기억이나 사건이 없는 상대와는 고리를 연달아 걸기가 어렵다. 참으로 어색했을 텐데도 그녀는 이틀이나 나 대신 '맨투맨 마킹'을 해주었다. 나라면 선뜻 나서기 힘들었을 텐데, 정말 애썼구나.

"그런 장례식장은 처음 봤어요. 혼자 온 손님을 상대하는 사람까지 두다니. 매사 철저한 오채원 씨답다 싶었죠. 저도 언젠가 이런 일 닥치면 참고하려고요."

차경 작가의 응대가 인상적이었노라고 장례 몇 달 후에 한 지인이 말했다. 내 노력과 무관한 결과였다. 오로지 그녀의 진심 어린 위로가 빚은 일이었다. 치과 원장님이 노하우를 알려주었다고 해도 실천하지 않을 수 있었다. '앎'이 '실천'이 되려면 용기가 필요한 법인데, 그녀는 과감히 내어주었다. 이 은혜를 어떻게 다 갚을지.

"왔어, 왔어."

저녁 7시 즈음, 동생이 전장의 봉화꾼처럼 달려왔다. 드디어 들이닥친 것이다. 퇴근 후 버스 한 대에 몰아타고 온 검은 정장 떼가 순식간에 접객실 3분의 2를 뒤덮었다. 처음 해보는 솜씨가 아니다. 일사불란하게 안쪽부터 자리를 하나씩 채워서는 빈틈없이 붙어 앉는다. 앉은 모양새도 갓 입대한 신병처럼 제대로 각이 잡혔다. 그러더니 일동이 벌떡 일어난다. 조교가 호루라기라도 분 듯이 동시에. 아하, '그분'이 등장하신 모양이군. 원장을 대신해 오신다던 동생네 '넘버 투' 부원장님.

이들의 행태에 여기저기서 숙덕거린다. 곁눈질하던 한 사람은 조폭치고 덩치가 작다 싶더란다. 검은 정장 무리는 동생의 상사와 동료들로, 동생의 직장은 '금융계의 검찰'이라는 곳이다. 검찰과 조폭의 조직 문화가 다르지 않다더니 이들도 그렇구먼.

이만큼 유난스러운 단체 행동까지는 아니어도, 여럿이 무리 지어 오는 조문객이 많지 않다. 예전에 비해 장례식장에 혼자 오는 분들이 많다. 게다가 내 인맥은 기업 교육 강사 같은 자유 직종 종사자 아니면 연구자같이 개인 활동에 익숙한 사람들이 대부분이다. 그래서 어떤 때는 그분들을 모아 한 상을 차리기도 했다. 처음 만난 공예가, 출판사 대표, 강사, 사진작가는 각자의 어색함을 삭이며 사교해야 했다. 남매가 상주 노릇하느라 이리저리 뛰어다니는 형편이라 마음에 걸려도 어쩔 수 없었다.

"우리 1인 기업가들끼리 계라도 조직해야겠어요. 같은 처지끼리 품앗이해야지."

나처럼 팔도를 돌아다니며 강의하는 한 선생님이 낮부터 몇 시간이고 앉아 계신다. 바쁘실 텐데 괜찮은가 여쭈니, 평소에도 상가에 가면 가능한 한 자리를 오래 채우려 하신단다. 특히 상주가 조직에 속하지 않거나 가족이 단출해서 빈소가 한산하면 더더욱. 그러더니 검은 정장 무리가 자리를 가득 채우니 "이제 그만 가도 되겠다"고 웃으며 나서셨다.

마음에 남는 말씀이다. 남의 일이 아니다. 싱글인 나, 어쩌면 미래에도 싱글일지 모르는 내가 맞이할 죽음의 풍경은 어떨까? 엄마는 안 계실 확률이 높고, 동생 내외와 조카에게 기대기는 힘들 것이다. 그날이 오면 누가 나를 위해 울어줄까?

"언니, 나중에 나이 들면 전 어디로 갈 수 있을까요?"

그때가 처음이었다. 존엄을 지키며 죽음을 맞이할 수 없으리라는 두려움을 입 밖으로 털어놓은 것이. 재작년인가, 불교 포교사인 선배에게 지나가듯이 막막한 노후 걱정을 말한 적이 있다. 부모에게 효도를 한다 해도 정작 그 효도를 받을 수는 없는 것이 우리 세대다. 배우자와 아이가 있다 한들 최후의 순간에는 혼자일 가능성이 높다. 게다가 나는 싱글이다, 지금까지는.

"절에 들어와서 나랑 같이 살면 되지, 얘는 별 걱정을 다 한다."

그런가? 지레 걱정을 했나? 눈앞에 닥친 삶도 허덕거리는 형편에 말이지. 그래도 썩 편치는 않다. 아빠를 보면서 온 식구가 병든 노년 대책에 골몰하던 작년, 엄마하고 이런 이야기를 나눈 적이 있다.

"그런데 손도 발도 못 쓰게 되면? 제 힘으로 화장실도 못 가는 널 거기서 받아주겠어?"

그러게. 사실 내 힘으로 끼니 짓고 몸 가릴 정도만 되어도 종교 시설에 갈 생각은 안 할 텐데. 여기도 안 되겠군. 결국 요양원밖에 없는 것인가? 그나마도 경제력이 있어야지. 지금부터 악착같이 죽음 목전의 정거장에서 머물 돈을 모아야 하나? 잘 죽을 비용 마련에 현재를 쏟아부어야 하는 건가?

“아빠를 사지로 몰아넣고 싶지 않아.”

그때만 해도 우리는 아빠가 퇴원하실 것이라 믿으며, 환자용 침대 대여, 재가 방문 요양 보호사 등을 알아보고 있었다. 제각기 한몫하면서 살아가는 나나 동생이 아빠 곁을 지킬 수도 없고, 또 ‘독박 간호’로 엄마의 여생을 소모시키고 싶지도 않았다. 그렇다고 아빠의 존엄도 외면할 수는 없는 딜레마. 당신 힘으로 화장실도 못 가게 된 아빠를 엄마는 요양원에 보내고 싶지 않다고 하셨다. 일부라고는 하지만 종종 들려오는 비인간적인 요양원 실태 보도를 보고서 누가 안심하고 가족을 요양원에 보낼 수 있을까? 게다가 엄마는 사회복지학 전공자에, 가까운 친구가 요양 시설을 운영하는 터라 누구보다도 보고 느낀 게 많은 분이다.

“나도 요양원에서 비참하게 죽고 싶지 않아.”

엄마는 울먹이셨다. 나는 침묵할 수밖에 없었다. ‘아니, 엄마, 제가 있잖아요’라며 안심시키질 못했다. 자신이 없었다. 내 앞가림도 난제인데 섣불리 무책임한 말을 할 수 있나. ‘나는 어떻게 생을 마무리하게 될까?’에 대한 답은 이렇게 엄마도 나도 보류한 채 지내고 있다. 고독한 사람들의 시대가 우리 앞에 다가왔건만.

상주님, 상주님

장례와 여성

"상주니임!"

장례 지도사가 찾는다. 뛰어가 보면 동생을 찾는 눈치다.

"상주님!"

도우미 여사님이 부른다. 고개를 돌려보니 저만치에서 올케가 뛰어온다.

'예솔아' 할아버지께서 부르셔. '예' 하고 대답하면 '너 말고 네 아범', '예솔아' 아버지께서 부르셔. '예' 하고 달려가면 '너 아니고 네 엄마.'

어릴 적 들은 노랫말처럼 장례식장에서 찾아대는 '상주님'은 내가 아니다. 장례 지도사가 필요로 하는 이는 서류 준비나 장례 진행을 의논할 권한이 있는 사람이고, 도우미들이 찾는 사람은 접객 사항을 확인해줄 사람이다. 어느 사이엔가 장례 지도사와 동생(아니면 고모부), 그리고 도우미 여사님과 올케가 짝꿍이 되어 있었다. 바깥일 하는 사람들과 안살림하는 이들의 역할 배분이 암묵적으로 끝나 있었던 것이다. 여기서 도우미 여사님이 찾는 사람은 엄밀히 말하면 동생의 아내, 즉 상주의 대리자다. 장례 행사를 진행하는 이들에게는 오직 동생만이 순수한 상주인 셈이다.

나는 어느 논의에도 필요한 존재가 아니다. 나도 고인의 자식이자 법적 상속자이고, 부고 작성자로서 장례식 주최자로 이름이 올라가 있다는 사실은 중요하지 않다. 성별에 따른 줄 세우기 논리가 상례에서 이렇게 소름 끼치리만큼 유효할 줄이야. 하긴, '전통'이 그런 거니까. 이 작은 세계는 이미 그렇게 나의 존재나 의지와 무관하게 편성되어 있었다.

장례 시작부터 끝까지 사흘간 동생은 왼팔에 상주 완장을 찼다. 이로써 상주, 즉 장례의 제일인자임을 안팎에 천명한 것이다. 본래 만상제는 부친상에서는 대나무 지팡이 저장苴杖을, 모친상에서는 오동나무 지팡이 삭장削杖을 짚는다고 한다. 이것이 일제 때 완장으로 바뀌었다는데, 형태는 달라졌지만 그 상징성은 그대로다. 소설 『완장』에서의 감독처럼,

축구 경기의 주장처럼, 교문을 들어서면 만나는 선도부처럼, 완장은 위계와 권력을 상징한다.

분향실에서 조문객을 맞을 때는 완장 찬 이를 기준으로 줄을 선다. 향냄새 진동하는 작은 빈소에서도 권위의 허울은 막강하다. 제단과 가까운 윗자리부터 동생 – 올케 – 나 순서로 도열한다. 내가 동생보다 손위지만 이곳에서는 동생보다, 심지어 그 배우자보다도 서열이 낮다. 올케는 오 씨가 아닌 데다 아빠와 맺고 지낸 인연도 가장 짧다. 나이도 핏줄도 완장일 수 있지만, 남성이라는 성별은 모든 것을 이기는 무적 카드다.

엄마께 무심히 상주의 위계와 불만을 이야기했다. 사실 이제 그런 정도로는 화도 나지 않았다. 그랬는데 엄마는 엄마대로 당신의 불편한 입장을 토로하신다.

"나는 그나마 설 자리도 없어."

엄마는 남편이 먼저 세상을 뜬 순간 '미망인', '아직 고인을 따라 죽지 않은 이'라는 섬뜩한 존재가 되어버렸다. '죽어야 마땅한 자'는 애도의 장에 정식으로 참여할 수조차 없는 것이다. 엄마는 장례 기간 내내 분향실에서 우리들이 만든 줄 끄트머리에 어정쩡하게 서서 조문객을 맞으셨다. 존립 근거가 되는 배우자가 없으면 지위가 흔들리는 현상. 21세기에도 변함없는 시공 초월의 공간이 상갓집이다.

계집애는 필요 없어

동생과 둘이서 상을 치르려니 힘들다, 형제가 더 많으면 좋겠다는 자조에 집안 어른이 대뜸 한마디 뱉으신다.

"계집애들은 필요 없어."

대답의 맥락을 몰라 어안이 벙벙한 채 몇 초를 보내고서야 의미가 해석됐다. 말인즉슨 대체로 여성들이 사회 활동도 적게 하고 경조사 참여에도 인색하기 때문에 여성 형제를 찾아오는 손님 수가 적고, 따라서 부조금 면에도 기여를 크게 못 한다는 것이다. 평소 성별, 인종, 연령 등으로 별난 말을 하던 분이 아닌 터라 순간 깜짝 놀랐다. 그러다 뒤늦게 그 의미를 알아들었다.

손 많이 가는 아이 넷을 맡기고 지방에서 KTX를 타고 달려온 선배가 있다. 하이힐 차림으로 등산도 감수하며 장지까지 함께해주신 거래처 대표님도 있다. 그러나 아무래도 방명록에는 남자 이름이 더 많다. 남자인 동생의 손님이 내 손님

보다 더 많다. 내 경우만 봐도 계집애들은 도움이 안 된다는 주장에 강력하게 반박하기 힘들다.

"미스들은 안 가도 돼."

사회 생활을 시작한 이래 종종 들은 말이다. 상사나 거래처의 부고가 오면 선배들은 그렇게 충고했다. 시집 안 간 처녀들은 그런 '험한 곳'에 함부로 다니는 것이 아니라나. 본래 윗사람 말을 잘 따르는 편이기도 했지만, 사실 그런 순간 순종하거나 존중하는 척한 것은 내 선택이었다. 경조사를 일일이 챙기기 시작하면 귀찮아지는 게 사실이니까.

발인 일주일 뒤에 부고를 하나 접했다. 아빠의 빈소에 다녀간 지인의 동생이 오랜 암 투병 끝에 세상을 떠났다는 것이다.

언니. 상중인 자의 조문이
결례라 해 찾아뵙지 못하고,
○○○ 편에 부조금만 보냅니다.
전화 통화도 버거우실 것 같아
문자로 애도를 대신 전합니다.
가족을 잃은 슬픔이 크겠지만,
더운 날 몸 상하지 않게 섭생에
신경 써주세요. 공황 장애도
올라오지 않도록. 채원 드림.

상중인 사람은 문상을 가면 안 된다고 해 인편에 조의금만 전했다. 직접 위로하지 못해 미안한 마음에 문자 메시지도 보냈다. 몇 달 뒤 만난 그녀는 외출도 꺼릴 만큼 충격이 여전하다고 말하며 내게도 물어주었다.

"너도 힘들지?"

우리는 그렇게 공감했다. 완벽한 한마음은 아닐지라도 고스란히 마음이 전해졌다.

장례라는 큰 행사를 치르는 데는 당연히 돈이 든다. 부조금의 소중함을 절절히 체감했다. 여전히 누군가의 부고를 접하면 관계에 따라 '적절한 금액'을 따지지만, 그럼에도 더 많이 보태지 못하는 아쉬움이 이제는 있다.

흔히 부조금이라 부르지만 부조扶助는 단순히 돈만 의미하지 않는다. 다른 이를 돕는 것은 다 부조다. 장례식장에 노동력을 보태지 않아도 와주기만 하면 그것이 부조다. 시간을 쪼개 달려와준 그 마음만으로도 큰 위로가 되니까. 업무상 관계라서 형식적으로 조문하는 사람도 있기 마련이다. 친지처럼 위로가 우러나지는 않겠지만 그래도 다 부조다. 고인이 가시는 길을 초라하지 않게 만들어주는 이들이기에 유가족에게는 더할 나위 없이 고마운 인연이 된다. 아빠의 장례를 치르면서 알게 된 것들이 많다. 그래서 그녀에게 애도의 메시지를 보내지 않을 수 없었다.

몇 달 전에는 엉터리 문상을 다녀온 일이 있다. 아침부터 오후까지 약속이 여러 건 잡힌 토요일이었다. 상황이 여의치 않아서 부득이 일정과 일정 사이의 틈새를 이용할 수밖에 없었다. 강북에서 강동까지 ㄱ자를 그리며 두 시간가량 걸려 빈소에 도착했다. KTX를 탔으면 대구를 지나 부산에도 다다랐을 시간.

간신히 도착한 장례식장은 아직 한산했다. 문상객이 없는 상가에 나 하나라도 자리를 채워야 하는데, 뒤이은 일정 탓에 서두를 수밖에 없었다. 고인께 분향을 하자마자 바로 나와 조의금 통에 봉투를 넣었다. 5분이나 머물렀을까? 허둥지둥 나오느라 몹시 미안했다. 예전의 나처럼 담담한 그의 얼굴이 애처로웠다.

“우리 오라버니 어쩌나. 아효, 어쩌나.”

배웅 나오는 얼굴을 보고는 무슨 말이고 건네고 싶었다. 생각을 짜내도 입에서는 겨우 저 두 마디밖에 나오지 않았다. 무슨 말을 한들 어머니를 잃은 분께 위로가 되랴. 그래도 위로하고 싶은 마음만큼은 전하고 싶었다. 그렇게라도 들른 것이 아예 가지 않은 것보다야 낫다지만, 허둥지둥 다녀온 것이 지금도 마음에 걸린다.

나는 주변을 잘 챙기는 편이 못된다. 대단히 독자적인 사람도 아니다. 페미니스트라고 생각하지도 않는다. 그러나 이것만큼은 명확하게 말할 수 있다. 나는 사람이라면 다른 이의 슬픔에 공감하는 일이 중요하다고 믿는다. 그리고 권리를 말하려면 의무도 이행해야 한다. 그렇지 않으면 언제까지고 여자는 상주가 될 수 없다.

장례의 클라이맥스

상실 실감

"채원아, 잊지 말고 꼭 서류들 떼어 와야 한다."

아빠가 돌아가시고 이틀 뒤, 장례 둘째 날인 월요일 아침. 조문객이 가장 적은 평일 오전인 데다 다음 날 발인이 있어서 서류 처리를 해두어야 했다. 웬 절차가 그리도 많은지. 사망 선고부터 사망 신고까지 이런저런 서류를 발급받고 제출했는데, 대부분 낯선 일이라 그리 오래지 않았는데도 기억에 드문드문 이가 빠져 있다. 하지만 이날 기억은 선명하다.

집에서 15분 정도 걸어 구청에 가서 아빠의 기본증명서와 가족관계증명서를 떼어오라는 고모부의 지령이 있었다. 옛날에 호적이라 부르던 기본증명서는 이름, 생년월일, 주민등록번호 등 개인의 존재를 설명하는 양식이고, 가족관계증명서는 가족 구성 내용을 알려준다. 볼 때마다 느끼지만 행정 문서라는 것은 참 건조하게 생겼다. 그런데도 그 종이들을 보는 마음이 이상했다. 서류상 아빠는 아직 우리 가족으로 살아 있다.

구청에서 나와 장례식장으로 향했다. 상복으로 갈아입고, 동생과 함께 장례식장 옆에 붙어 있는 병원 수납처에 가서 병원비를 정산했다. 사망 선고 직후에 가장 먼저 할 일은 화장터 예약에 필요한 사망진단서를 받는 것인데, 그러려면 병원비를 가정산해야 했다. 이번이 두 번째이자 정식 병원비 정산이다. 이로써 아빠가 살아 숨 쉬는 사람으로서 사용한 돈은 모두 정리되는 것이다. 이 세상에서 아빠의 실존을 증명해온 것들이 하나씩 사라지고 있다.

수납 순서를 기다리며 서 있는데 갑자기 나도 모르게 왈칵 울먹이기 시작했다. 지금도 이유는 모르겠다. 그냥, 갑자기였다. 곧 가라앉을 줄 알았건만 되려 눈물이 줄줄 흘렀다. 화장실에 갈 때도 떼어놓지 않는 소중한 검정 크로스백을 뒤져 손수건을 꺼내 눈물을 훔치며 동생 옆에 서 있었다. 수납처에서 영수증을 받아 병원 문을 나서는데도 눈물은 멈추지 않았다. 동생 뒤를 따라 걸으며 소리 없이 눈물을 닦아냈다.

"성훈아, 잠깐만. 잠깐만."

동생과 나는 길 끄트머리에 멈춰 섰다. 계단만 내려가면 장례식장이다. 남매는 그 경계선에 나란히 서 있었다. 동생은 말이 없고, 나는 손수건으로 얼굴을 덮고 눈두덩을 꾹꾹 눌렀다. 엄마가 보시면 안 된다. 어서 냉정을 찾아야 한다. 벌개진 얼굴에 손부채를 부쳐댔다. 드디어 눈물이 그친 것 같다. 크게 심호흡하며 장례식장으로 들어갔다.

평일 아침이라 한산했다. 고모부는 분향실에서 기다리고 계셨다. 이미 받아둔 사망진단서, 그리고 오늘 구청에서 발급받은 아빠의 기본증명서와 가족관계증명서를 드렸다. 동시에 울음이 와악 터져나왔다. 병원 수납처에서 시작된 것이 말끔히 수습되지 않은 모양이다.

"어떻게 한 사람이 한 곳에는 살아 있고, 한 곳에는 죽어 있어?"

그날 아빠는 기본증명서와 가족관계증명서에는 살아 있고, 사망진단서에서는 죽어 있었다. 한쪽은 존재의 증명, 다른 한쪽은 부재의 증명. 그 아이러니가 아빠의 사망을 선명하게 드러낸 것 같다. 분향실에 주저앉아 엉엉꺽꺽 우는 나를 온 가족과 친척이 쳐다보았다. 이 정도 울면 그칠 것 같은데 좀처럼 끝이 나지 않는다.

"그만해!"

고모들과 분향실 안쪽 휴게실에 계시던 엄마가 나오셨다. 나를 달래기는커녕, 눈물기 섞인 목소리로 그치라 외치셨다. 엄마는 늘 이렇게 다정하지 않다. 마음은 안 그러면서. 내내 조용하던 내가 폭주하니 당황하신 것 같기도 하다. 그러고는 휴게실로 다시 들어가셨다.

"형님, 아유, 형님."

열 개쯤 쌓아둔 방석 무더기에 엎드려 우는 내게 올케가 다가왔다. 시누이 노릇한다고 싫어할까 봐 좀처럼 연락도 먼저 하지 않던 내 곁에 올케가 다가앉았다. 나보다 여섯 살 어린 올케는 네 살 먹은 제 아들 달래듯 내 등을 가만가만 토닥였다. 닿은 듯 닿지 않은 듯한 손길에 나는 더 본격적으로 엉엉거렸다.

"어머님이 주셨어요."

한참 지나 눈물이 소강 국면에 들자 올케는 내 왼손바닥에 까만 영양제를 쥐여주었다. 오른손으로 물컵까지 받으려는 찰나, 다시 울음보가 터졌다. 도돌이표처럼 상황은 원점으로 돌아왔다. 울다, 그치다, 물 마시려다, 다시 울다….

"아가, 그만 울어. 기운 빠져."

어느 사이 당고모까지 오셔서 달래신다. 집안 행사 때나 뵙던 큰 어른. 은발 당고모에게 나는 여전히 '아가'였다.

벽에 걸린 시계를 보니 30~40분은 족히 지난 것 같다. 평일 오전, 조문객이 없어 다행이다. 내처 우느라 못 본 건가? '몸으로 운다'는 말이 있었지. 《앵무새 몸으로 울다》라는 영화도 있었고. 나야말로 온몸으로 울었다. 기운이 없어서 더는 못 울겠다. 멈추려 해도 안 되던 울음은 그렇게 자연스레 잦아들었다. 무방비로 있다가 뒤통수 맞듯 찾아온 울음은 또 제 맘대로 사라졌다. 이날 나는 난생처음으로 아빠를 생각하며 통곡했다. 아빠의 영정이 그제야 실감났나 보다. 낯선 일 앞에 목까지 차올라 찰랑이던 긴장이 반란을 일으킨 것 같다. 미움이나 사랑 같은 감정이 떠올랐다기보다 부재 자체가 주는 슬픔이었던 것 같기도 하다.

"너, 그때는 못 참을걸."

빈소에서 덤덤한 얼굴로 맞이하는 내게 여러 사람이 경고했다. 입관식 때에는 그 누구도 울지 않고는 못 견딘다고. 아울러 엄마를 잘 살피라는 당부도 곁들였다. 여차하면 응급실로 업고 뛰어야 한단다. 마음을 단단히 먹었다. 그날 아침에 통곡을 해댄 나도 다시 터질까 봐 울음보를 다잡아야 했지만, 그 와중에도 엄마가 정신이라도 잃으면 어쩌나 걱정이 앞섰다.

오후 2시. 흰 장갑을 낀 장례 지도사를 따라 영안실로 들어갔다. 방부제인가? 알 듯 말 듯 낯선 약품 냄새가 난다. 처음 보는 남자가 우리를 맞았다. 상조 회사 직원인가? 몹시도 낯선 방을 눈치껏 두리번거린다. 창고와 실험실을 섞어놓은 것 같다. 방 한가운데 놓인 관에 아빠가 누워 계셨다.

"제가 우리 마테오 형제님을 위해 특별히 꽃 장식을 서비스로 해드렸습니다아."

이 상황에까지 장사를 해먹는군. 저 사람한테는 신경 쓰지 말자. 아빠와의 마지막 인사가 더 중요하니까.

얼굴만 빼고 아빠의 온몸이 붕대 같은 것으로 꽁꽁 싸여 있었다. 영화 속 미라 같기도 하고 거미한테 붙들린 애벌레 같기도 했다. 관의 빈 자리는 안개꽃과 빨간 꽃으로 채웠다. 꽃꽂이가 취미라 꽃시장에 종종 다니다 보니 한눈에 보였다. 흔해빠진 꽃이다. 차라리 없는 것이 낫겠다. 꽃 장식이 아빠의 죽음을 싸구려로 만드는 것 같았다.

아빠의 얼굴은 그제 병원에서 본 그 얼굴이 아니었다. 분칠한 낯빛은 그날보다 어두웠고, 입술은 와인색 립글로스로 심하게 반짝였다. 저것도 싸구려일 테지. 립글로스 맞나? 행여나 공업용 색소는 아닌가? 눈길이 자꾸만 아빠의 부자연스러운 입술로 갔다. 메이크업 전문가일 리는 없고, 누가 화장을 해드렸을까? 장례 지도사인가? 할 수만 있다면 입술을 닦아내고 내 립밤이라도 발라드리고 싶었다. 이틀 전 사망 선고 직후에 본 뽀얀 안색에 평온하던 아빠 얼굴로 우리 기억에 남으면 좋을 것을. 그날 이후 이질적으로 반짝거리던 아빠의 입술이 두고두고 생각난다.

장례 지도사는 가족들에게 한 사람씩 아빠께 꽃을 꽂아드리라고 했다. 물론 맏상제부터 서열 순으로. 동생부터 시작해 우리는 훌쩍거리며 그 싸구려 꽃을, 아빠를 감은 헝겊 여기저기에 꽂았다. 나는 건너편에서 틈틈이 엄마를 주시했다. 아직까지는 괜찮다.

장례 지도사와 직원이 아빠의 얼굴 위로 관 뚜껑을 덮는다. 이렇게 아빠는 이 세계의 경계를 넘어 아빠의 세상으로 간다. 우리의 훌쩍임이 '아이고아이고'로 바뀌었다. 덤덤하던 동생도 '아빠'를 부르며 흐느낀다.

"안 돼, 안 돼!"

엄마는 발을 구르고 팔을 휘휘 저으며 오열하신다. 드라마에서 봐온 미망인의 모습이다.

"엄마 잡아!"

누가 소리를 쳤는지 모르겠다. 내 눈이 다급하게 엄마를 좇았다. 엄마 양쪽에 서 있던 두 사람이 겨드랑이를 잡아 부축했다. 다행히 정신을 놓지는 않았지만 다리에 힘이 빠진 모양이다. 응급실에 가서 수액이라도 맞자는데, 엄마는 굳이 싫다고 도리질을 하신다. 급한 대로 분향실에 딸린 휴게실에 머물기로 했다.

위중한 상황은 아닌 것을 확인하고 나는 서둘러 접객실로 갔다. 입관식 때문에 우리가 자리를 비운 사이에 조문객이 많이 와 계셨다. 누워 계신 엄마의 손님까지 살피려 더 바지런히 뛰어야 했다. 슬픔이니 걱정이니 하는 것에 마냥 파고들 수가 없다. 할 일이 있으니.

조마조마한 마음으로 가보니, 엄마는 휴게실과 분향실을 가르는 문간에 몸을 반씩 걸치고 누워 계셨다. 숨이 막힐 듯 갑갑해서 휴게실에는 못 들어가시겠단다. 그야말로 큰대자로 사지를 좌악 펼치고 드러누워 계셨다. 그 옆에서 올케는 무릎을 꿇고, 미망인의 체면이고 뭐고 없이 검은 상복을 과감하게 풀어헤친 엄마의 온몸을 주무르고 있었다.

“여기도 좀 주물러다오.”

정신은 또렷하시군. 엄마의 주문에 따라 올케는 한없이 진지한 얼굴을 하고 꾸욱꾸욱 주무른다. 한눈에 보아도 요령

없는 손놀림이다. 손가락 끝으로 감을 잡으며 주물러야 하는데, 큰 잼잼이랑 다를 바 없다. 열심히는 주무르나 손맛이 없는 맹탕이다. 그러나 내버려두었다. 쓰러진 시어머니를 극진히 보살피는 열혈 효부가 그려내는 감동적인 장면. 이럴 때에 시누이가 참견해봐야 유난스러운 짓이다. 지금 이대로가 모양새 좋다.

엄마가 분향실에 몸을 걸치고 누워 계시니 조문객들은 고스란히 실신 직전의 시어머니와 정성껏 봉양하는 며느리의 뭉클한 드라마를 보아야 했다. 『삼강행실도』에 나올 법한 이 미담이 두고두고 입에 오르내리겠군. 나는 조문객을 상대하는 틈틈이 엄마와 올케를 살폈다. 올케는 체력도 좋구나. 주무르는 속도와 힘이 일정하다. 그렇게 한 시간쯤 지난 것 같다.

"성훈 엄마, 며느리 잘 얻었더라."

효부의 지극정성에 한결 진정이 된 엄마가 추스르고 일어나셨다. 그리고 핼쑥한 얼굴 그대로 문상객들 옆에 가 앉으셨다. 역시나 손님들은 걱정보다 부러운 맘이 더 큰 듯했다. 엄마의 표정도 퍽 만족스럽다. 역시 안 끼어들기를 잘했다. 어렵다고들 하는 고부 사이가 더 편해지겠구나.

이날 콩트의 장르는 애절한 가족 드라마와 엉뚱한 시트

콤의 혼합이었다. 이런 게 우리네 사는 모습이겠지. 슬픔만으로도 행복만으로도 채워지지 않고, 또 예측한 것과 그렇지 못한 것이 뒤섞여 불시에 찾아오는 일상. 초상도 삶의 일부라는 것을 실감한 날이었다.

엄마 앞에서 울면 안 돼

슬픔의 위계

2018년 6월 12일 오전 5:45

"어서 밥 먹자."

발인. 망자를 모신 관이 장지로 떠나는 의식이라고 한다. 부모님이 천주교 신자인 터라 우리는 장례식장을 나와 화장터로 가기 전에 동네 성당에서 장례 미사를 보기로 했다. 아침 7시에 미사가 시작하기에 그야말로 새벽밥을 먹고 부지런을 떨어야 했다. 강북 신내동에서 미사를 보고, 강남 원지동 화장터에 들러 충북 청원의 장지까지, 오늘 하루에 모든 일정을 소화하려면 바쁘다. 장례식장에서 마지막 식사를 마치고 우리는 부산스럽게 성당으로 향했다.

아빠는 아마도 처음으로 그렇게 으리으리한 차를 타셨을 것이다. 기다랗고 새까맣고 번쩍번쩍 빛나는 리무진. 목숨이 없어진 마당에 그게 무슨 소용인가 싶다가도, 마지막 길이 초라하지 않아 다행이라는 생각도 했다. 맏상제인 동생은 하얀 장갑을 끼고 아빠의 영정을 품에 받쳐 안고 리무진에 올랐다. 나머지 식구들이 탄 버스는 그 뒤를 따랐다.

"가족분들, 이쪽으로 오세요."

성당에 도착하니 평일 이른 시간인데도 분주했다. 바로 미사에 들어가는 줄 알았더니 한 분이 다가와 우리 가족에게 고백 성사를 권하며 안내를 하신다. 수녀님인지 누구신지 기억마저 가물가물하다.

나는 천주교 용어로 '냉담자'다. 냉담. 라틴어로 냉담자를 랍수스Lapsus라고 하는데, 이 말에는 배교자, 즉 종교를 배신한 자라는 뜻도 있다. 세례를 받고나서 성당에 가지 않는 자는 그런 무시무시한 말로 불린다. 성당에서 결혼식을 올린 부모님에 이끌려, 어려서부터 미사에 참석하고 세례를 받고 성서 공부를 했다. 선택의 여지도 없이 주어진 종교인 데다, 은혜로운 감동도 없이 습관적으로 성당에 가고 기도해야 하는 것이 나는 괴로웠다. 가짜 믿음이 내리는 가책이 무거웠다. 종교는 원래 인간의 영혼을 해방시켜주는 것이 아니었나?

결국 대학을 졸업할 즈음, 부모님께 마음이 우러날 때까지는 성당에 가지 않겠노라고 선언했다. 그렇게 지내다가 나는 몇 년 전 불교로 개종했다. 하느님의 구원은 기대할 수 없게 되었으나 마음은 자유롭다. 물론 세계관이 획기적으로 달라진 것은 아니다. 불안하고 기쁘고 좌절하고 일어서기를 반복하는 건 여전하다. 그저 의무적으로 죄의식을 갖던 마음의 짐이 조금 가벼워진 정도?

냉담자였다가 지금은 이교도인 내게 신부님 앞에서 죄를 고백하라니. 다른 때 같으면 무시하거나 반발했겠지만, 아빠를 보내드리는 장례 미사의 일부이니 따르기로 했다. 고해소에 들어가 형식적으로 몇 마디 죄를 읊는데 내내 눈물이 흐른다. 신부님이 말씀하시기를, 사람은 누구나 태어나고 죽는 유한한 존재이니 아빠와의 관계에 자책하지 말라 하신다. 누구라도 할 수 있을 법한 말씀인데 쉴 사이 없이 눈물이 흘렀다. 왜인지는 모르겠다.

온 가족이 고백 성사를 마치고 본당에 들어가니 이른 시간에도 신자들이 가득했다. 우리 가족을 아는 분도 계시지만, 대부분은 모르는 분들 같았다. 생면부지인 사람을 위해 기꺼이 기도해주는 사람들이 이렇게나 많구나. 아멘.

맨 앞자리가 비어 있었다. 우리 자리였다. 앉자마자 또 주체할 수 없이 눈물이 흘렀다. 처음에는 안경을 벗어 손수건으로 눈물을 닦고 다시 안경을 쓰고 했는데, 그렇게 해서는 닦이지 않을 만큼 눈물이 쏟아졌다. 결국 안경을 벗어 의자에 올려놓고 본격적으로 울었다. 미사 시작부터 끝까지 손수건에 얼굴을 파묻고 고개를 푹 수그리고 있었다. 어쩔 수 없이 어깨를 들썩였지만 울음소리는 내지 않았다. 손수건 한 장으로 감당하지 못할 만큼 눈물을 쏟으면서도 소리가 나지 않도록 안간힘을 썼다. 어제 장례식장에서는 엉엉대며 울었지만 이제는 그러지 않을 것이다. 내 옆에는 엄마가 있다. 내가 무너지면 안 된다. 가장 슬픈 사람은 엄마니까. 그렇다고들 말하니까. 아빠를 잃은 딸과 아빠를 잃은 아들, 그리고 배우자를 잃은 아내. 그중에서 배우자를 잃은 아내가 가장 힘든 게 당연하다고 사람들은 엄마 손을 들어준다. 나도 다른 의견을 내본 적은 없다. 나의 슬픔은 엄마의 슬픔 아래에 두었다.

그렇게 미사가 끝났다. 눈가를 훔치며 화장터로 가는 버스에 타려는데, 누군가가 갑자기 팔을 잡아끈다. 거래처 대표이자 10여 년간 나의 성장을 봐오신 김 대표님. 종종 엄마보다 더 다정하게 '우리 채원이' 많이 먹으라며 소고기를 사 주시는 분이다.

"뒤에서 보니 내내 울기만 하대. 에그, 우리 채원이 어쩌누."

마치 딸에게 하듯 머리를 쓰다듬어주신다. 개신교 신자인 분이, 그리고 바쁘신 분이 굳이 이 이른 시간에 멀리까지 오셨다. 이미 빈소에도 다녀가셨는데 화장터에 이어 장지까지 동행해주신단다. 이 은혜를 어찌 다 갚을지…. 그간 나는 상갓집 문상도 애써 다니곤 했는데, 얼마나 깍쟁이 같이 살았나 싶다.

"씩씩하게 잘 지내. 너무 슬퍼하지 말고."

성당 현관에서 키 큰 신부님이 배웅을 하신다. 엄마께 듣던 대로 역시 모범생 스타일이다. 더도 덜도 없이 따악 올바른 말씀만 하신다.

"딸이지? 이제 엄마 잘 보살펴드려야 해."

알지 못하는 몇 분이 당부를 더하신다. 장례식장에서도 자주 들은 말이다. 그래, 내가 강건해야 하는데, 눈물이 너무 많다.

아빠를 태운 리무진이 앞장서고 버스도 뒤따라 화장터에 도착했다. '서울추모공원'이라는 푯말이 보인다. 막연히 상상하던 칙칙한 화장터가 아니라 규모가 크고 쾌적하다. 버스에서 내려 건물로 들어가려는데, 벌써 와 있던 차경 작가가 유리문을 훌렁 열어준다. 그제도 어제도 만났는데 또 반갑네. 이 상황에 반갑다니, 참 철이 없다. 사흘 내내 오겠다던 약속을 지키고 있다. 오지 말라 했건만 순 제 맘대로야. 난 진심으로 누군가의 옆자리를 지킨 적이 없는 것 같은데. 역시 나는 깍쟁이였다.

화장 수속을 마치고 안내에 따라 대기실로 이동했다. 종합 병원 접수처나 고속 터미널 대합실처럼 이 사람 저 사람한데 엉겨 있을 줄 알았더니 예약한 팀 별로 방이 배정되는 모양이다. 방에서 기다리다 안내 방송이 나오면 소각로로 가는 것이다. 대기실에는 탁 트인 발코니가 있어 문을 열자마자 새소리가 들린다. 산책로도 있는 듯했다. 화장터라 메케한 연기만 상상했는데, 이렇게 자연 한가운데 들어와 있다니. 죽음의 무게가 희석되는 것 같다.

누구는 산책하러 가고 또 누구는 건물을 둘러보러 나간

동안, 나는 대기실에 머물렀다. 김 대표님과 차 작가도 함께. 괜찮으니 산책을 나가든 편한 대로 하시라 하는데도 굳이 옆에 있겠다고들 한다. 미안하고 고맙다. 그간은 혼자 씩씩하게 버텨야 했는데, 오늘은 나만을 위해 옆에 있어주는 이들이 있다.

30분쯤 기다렸을까? 드디어 아빠 차례가 왔다. 안내에 따라 모두 함께 밖으로 나왔다. 소각로까지 들어갈 사람과 대기실로 갈 사람을 나눈다. 동생은 맏상제니 들어가야 하고, 나는 어떻게 하지? 예전에 누군가가 경고 아닌 경고를 했었다. 관이 활활 타오르는 모습을 보면 실신하기 십상이라고. 가신 분의 몸이 불타는 모습을 지켜보는 건 견디기 힘든 일이라고. 차마 불타는 아빠를 볼 엄두가 나지 않는다. 또 눈물이 그렁그렁한다. 나도 나지만 엄마야말로 못 이겨내실 게 분명하다. 입관식 때의 엄마가 떠오른다.

"채원이는 나랑 대기실로 가자. 얘는 정신력이 약해서 안 돼."

어라. '마음'이 아니고 '정신력'이요? 아무리 그래도 그렇지, 사람들 앞에서 정신력이라니, 엄마도 참. 순간 발끈하려다 곧 수긍했다. 또 눈물이 흐르는 걸 보니 정말 정신력이 약한 모양이다. 그렇게 동생과 고모부와 고모들께 아빠를 맡기고, 우는 모녀는 대기실로 향했다. 엄마는 올케가 부축하고, 나는 김 대표님과 차 작가가 연행하듯이 겨드랑이를 한쪽씩 잡아서 갔다.

대기실에 와서는 주체할 수 없이 울음보가 터졌다. '엄마 앞에서 울면 안 돼.' 나는 애써 소리를 내지 않고 들썩이기만 했다. 아빠의 몸마저 사라진다는 생각 때문이었을까? 왜 그렇게 눈물이 쏟아졌는지 나도 모르겠다. 울음의 강도는 액셀러레이터를 밟은 듯 점점 강해진다. 아무리 애를 써도 소리가 조금씩 새어나왔다. 그래도 최대한 억누르며 울었다.

"채원아, 힘들어. 그만 울어."

김 대표님의 다독임도 효과가 없다. 나도 엄마한테 이렇게까지 우는 모습을 보이고 싶지 않은데 제어가 안 된다. 차 작가는 들썩이는 내 등을 아무 말 없이 쓸어준다. 온몸을 웅크리고 우는 내가 추워보였는지 입고 있던 재킷을 벗어서 덮어준다.

화장이 다 끝난 모양이다. 고모들이 눈물을 찍으며 대기실로 들어오셨다. 나는 여전히 울고 있었다. 이미 아침 장례미사 때부터 용량을 초과한 손수건을 내려놓고, 김 대표님이 갖다주신 화장지에 의지했다. 눈이 퉁퉁 부었겠는걸.

"밥 먹으러 가자."

벌써 점심인가? 다들 식당을 향하고 엄마도 일어나신다. 내 팔을 붙들고 가자는데 애가 안 일어나니 도리 없이 먼저 나가신다. 대기실 문이 닫히자마자 나는 통곡했다. 비로소 소리 내 울 수 있었다. 옆에 붙들린 김 대표님과 차 작가에게는 미안하지만 어쩔 수 없다. 마음 놓고 본격적으로 울었다. '엄마 앞에서 울면 안 돼'가 '엄마 없으니 울어도 돼'로 바뀐 순간이었다.

차차 울음이 잦아든다. 맥이 풀리도록 울었다. 에너지 총량의 법칙이 적용된다면 오늘의 눈물은 이쯤이 끝일 수도 있겠다. 영화를 보다가도 남의 이야기를 듣다가도 곧잘 훌쩍대지만, 내 생에 이렇게까지 울어본 기억이 없다.

"너 안 먹으면 나도 안 먹을 거야."

고모부가 오셔서 점심을 먹으란다. 이 마당에 무슨 밥? 움직일 기미가 없자, 내가 안 먹으면 당신도 안 드시겠다며 배수의 진을 치신다. 물귀신 작전인가? 빨리 밥을 먹어야 장지로 출발한다고 채근하신다. 그래, 나는 그렇다 쳐도, 김 대표님과 차 작가는 식사를 해야지. 눈물을 훔치고 일어났다.

놀랍게도 밥이 들어간다. 그다지 맛있는 음식도 아닌데 입에 들어간다. 참 신기하다. 조금 전까지는 눈구멍만 뚫리고 목구멍이 막힌 것 같았는데. 죽을 것 같다가도 이렇게 살아가는가 보다.

“고모부, 고맙습니다. 고모부 안 계셨으면 성훈이랑 둘이 어쩔 뻔했나 몰라.”

나는 울먹이는 소리로 멋적게 인사를 드렸다. 꼭 말씀드리고 싶었다. 그래야 했다. 그 순간이 아니면 안 될 것 같았다. 30여 년간 기억에 남을 만한 대화가 오간 적도 없고 그럴 일도 없던 우리는 그렇게 이야기를 나눴다.

“나중에 엄마 때도 해줄게.”

환갑을 맞은, 엄마와 몇 살 차이 나지 않는 고모부는 눈물이 그렁그렁한 채로 웃으셨다. 초등학교 때부터 보아온 고모부의 첫 눈물. 내 눈물이었나? 얼마 전 뇌종양 검사를 받으셨다는 분이 언제까지 건강하실 줄 알고, 고모부도 참. 호기로운 농담이려니 싶다가, 나중에 엄마를 보내드릴 때 고모부가 안 계시면 정말 힘들겠구나 하는 생각을 했다.

우리는 그렇게 아빠를 모시고 장지로 발길을 옮겼다. 아빠의 고향, 할아버지와 할머니가 잠들어 계신 곳으로.

돌아오는 버스에서

장례 이후의 삶

"너희가 산소 관리를 어떻게 하겠니?"

아빠는 유언도 없이 돌아가셨지만 적어도 한 가지만큼은 명확히 하셨던 모양이다. 직접 들은 것이 아니라서 '모양'이라는 모호한 말을 쓰긴 했지만. 아빠의 입원이 장기전에 돌입할 즈음 엄마와 나, 동생은 조금씩 '만일의 경우'를 대비해야 했다. 엄마에게 전해듣기로 평소 아빠는 언젠가 그날이 오면 화장을 해달라고 하셨다고 한다. 재가 된 몸을 납골당에 안치하는 것마저도 번잡스러우니 당신 부모님 발밑에 묻어달라고. 엄마도 마찬가지 생각이라고 덧붙이셨다. 삶뿐 아니라 죽음까지도 자식에게 짐 지우지 않으려는 것이 부모의 마음인가 보다.

내 부모 세대는 부모를 봉양하고도 자식에게 봉양받지 못하는 '낀 세대'다. 당신들은 선산에 가묘부터 마련해 매장까지 전통적인 방식으로 부모를 모셨다. 때가 되면 벌초와 성묘를 하고, 전래동화 청개구리 이야기처럼 큰비라도 오면 묘를 걱정한다. 그것이 그분들의 도리였다. 하지만 정작 아들딸에게는 그런 도리를 기대하지 못한다. '낀 세대' 엄마와 아빠는 우리가 당신들의 뒷일까지 돌볼 필요가 없도록 손써두신 것이다.

아빠를 유골함에 모시고 고향 선산으로 향했다. 동생은 아빠를 품에 안고 버스 앞자리에 앉았다. 두 시간 넘게 그렇게 앉아 있으려면 불편할 텐데, 유골함을 내려놓을 수도 없고 난감하겠네. 동생은 덤덤하게 괜찮다고 하지만 듣고 보니 그렇다. 안 괜찮으면 어쩌겠나? 저것이 맏상제가 감당해야 하는 무게인가? 그나마 그런 수고도 마지막이겠지?

2018년 6월 12일 오후 3:00

버스는 세 시간을 달렸다. 차가 멈춘 곳에서부터 우리는 또 걸었다. 고향 친지들도 합류했다. 포장도로가 끝나고 흙길이 이어졌다. 햇살이 따갑다. 가방에서 모자를 꺼내 머리에 둘렀다. 엄마는 어쩌지?

"네가 나 양산 좀 씌워주라. 미망인이 양산까지 챙기면 모양새가 안 좋잖아."

"아, 그건 올케가 맡아야지. 시누이가 며느리 제치고 엄마 챙겨대면 남 보기 안 좋아요."

밥을 먹는 것도 해를 가리는 것도 유가족은 다 조심스럽다. 자꾸만 남들 눈을 의식하게 된다. 올케가 레이스 양산을 곱게 받쳐드린다. 입관식에 이어 오늘도 나는 뒤에서 효부를 구경한다. 착하기도 하지. 양산이 엄마 쪽으로 기울어 있다. 서울을 넘어 시골까지, 아무개네 며느리 잘 얻었다는 소문이 자자하겠군.

평지를 벗어나는가 싶더니 덤불과 넝쿨이 엉클어진 산으로 들어간다. 등산로가 있는 것도 아니고, 잡을 만한 나무도 마땅치 않고, 사람의 발길이 잘 닿지 않는 곳이 분명하다. 제법 가파르다.

"화장터에 간다고 해서 납골당에 모시는 줄 알았지."

등산을 예상 못 하고 구두를 신고 오신 김 대표님이 힘겨워하신다. 어쩌나. 그런데 나도 도와드릴 형편이 아니다. 치렁치렁한 상복 치마가 여간 불편하지 않다. 버스에서 내리기 전 속에 바지를 입어두었지만 치마가 자꾸 밟히는 것은 해결이 안 된다. 굴러 떨어질까 봐 겁이 났다. 끝까지 올라갈 수는 있을까? 뜻밖의 등산에 서울 여자들은 죄다 기우뚱거렸다.

간신히 할아버지와 할머니가 계신 곳, 그리고 아빠가 곧 누우실 곳에 도착했다. 비가 후두둑 오락가락한다. 빗줄기가 굵어지기 전에 매장을 마쳐야 한다. 고모부는 할아버지와 할머니의 발밑에 마치 제도하듯 각을 맞춰 아빠의 자리를 잡는다. 엄마는 '조금 더 옆으로, 아래로, 위로' 주문을 하신다.

"삽질하네!"

드디어 자리를 정하고, 선산 입구에서 합류한 큰고모네 큰아들이 땅을 파는데 삽질이 영 시원치가 않다. 땅속에 돌이 웅크리고 있나 보다. 큰고모는 "우리 아들이니까 이나마 한다"며 너스레를 떠신다. 역시 큰고모는 당신 아들이 최고다. 우리 엄마는 생전 가야 자식 자랑은 안 하시는데. 친척 아저씨에 고모부까지, 서울 샌님인 동생만 빼고 온 남자들이 돌아가며 땅을 판다. 여자들은 그 주위를 빙 둘러 늘어서서 삽질을 품평해댄다. 삽질을 왜 하는지, 원인 제공자인 아빠의 죽음을 잊은 듯 깔깔거린다. 그리고 나는 알게 됐다. 시골서 났다고, 군대 갔다 왔다고 다 삽질을 잘하는 건 아니라는 사실을.

"엄마는 나중에 어디에 묻힐 거예요?"

"여기 아빠 옆으로 와야지."

"엄마도 아빠처럼, 부모님 곁에 묻히고 싶지 않아요?"

"거기에 내 자리가 있겠니?"

갑자기 엄마가 고아였나 싶다. 시집가면 그 집 귀신이 된다는 말이 이런 거구나. 영혼까지 남의 집에 묶이다니 어쩐지 서글프다.

"너희는 여기 자리도 없어."

나는 나중에 어디로 갈까? 한 번도 생각해본 적이 없다. 무덤이 있어서 누가 찾아오리라는 기대를 하는 건 아니지만 그래도 내 자리가 없다니 왠지 서운하다. 엄마와 이야기를 나누는 사이에 삽질이 끝났다. 드디어 유골함을 묻는 순간, 맏상제부터 순서대로 흙을 한 줌씩 뿌리라 한다. 큰고모의 '아이고아이고'가 다시 들린다. 나도 엄마도 멈췄던 눈물이 다시 시작됐다. 두 손에 촉촉한 흙을 듬뿍 담아 유골함 위에 뿌렸다.

아빠, 잘 있어요.

빗발이 굵어진다. 김 대표님과 차 작가가 가만히 우산을 씌워준다. 가족 아닌 분들이 고생이 많으시네. 새삼 고마운 마음을 전하니 신경 쓰지 말라며 웃어 보이신다. 본격적으로 비가 내린다. 어서 마무리하고 내려가야 한다. 친척 아저씨가 아빠를 안치한 위에 '떼'라고 부르는 잔디를 덮고 꼼꼼하게 밟는다.

올라온 것만큼 또 힘겹게 내려간다. 역시 산은 내리막이 더 힘들다. 비까지 내리니 마음이 더 급하다. 어찌어찌 내려와보니, 고향 친척들이 천막을 치고 식사를 준비해두셨다. 아빠에 대한 마지막 정 같은 것이겠지? 잘 모르는 분들이지만 그렇게 고마울 수가 없다. 부침개며 생선조림이며 나물까지, 모두 소박하지만 먹음직스럽다. 큼직하게 잘라 내온 수박까지 허투른 것이 하나도 없다. 상주 체면이고 뭐고 수저를 부지런히 놀렸다. 분명 아침도 점심도 먹었는데 음식이 잘도 들어갔다. 장례식장에서는 줄곧 숨듯이 등을 돌리고 밥을 먹었는데, 여기서는 아무것도 아랑곳하지 않고 맛있게 먹었다. 초짜 상주의 임무가 큰 탈 없이 끝났다는 안도감 덕이었을까?

"장례식장에서 돈 때문에 멱살잡이 하는 걸 많이 봤어."

아빠를 할아버지와 할머니 곁에 모시고 서울로 올라가는 버스 안에서도 쉴 틈이 없었다. 공식적으로는 장례가 끝났지만 할 일이 남아 있다. 아빠가 돌아가시기 전부터 아낌없이 조언을 해주던 선배에게 전화를 걸었다. 사업 경험도 많고, 이제는 종교에 귀의해 곤경에 처한 사람들을 돕다 보니 보고 들은 것도, 아는 것도 많은 선배에게 몇 달째 의지하고 있다.

"냉정하게 들리겠지만 이제부터는 현실이다. 돈이란 요물이다. 가족 간일수록 돈 문제는 명확하게 정리를 해야 한다. 미루지 말고 바로 해야 한다. 부조금을 투명하게 정산하고, 아빠의 금융 거래를 조회해야 하고, 가능하다면 유족 연금을 신청하고, 병원비와 장례비를 지원받을 수 있는지 자격 요건을 확인해야 한다. 혹시나 빚이 있다면 상속 포기도 알아봐야 한다. 가신 분의 재산을 모두 조회하는 '안심 상속 원스톱 서비스'라는 것이 있다."

선배의 말을 열심히 받아 적었다. 온통 낯설다. 회계사인 동생은 알고 있으려나? 우리 식구 중에서 경제적으로 가장 큰 변화를 맞을 엄마를 떠올렸다. 공식적으로 지하철 무임승

차가 허락된 60대 중반의 경력 단절 여성. 책을 쓰고 연극배우로 무대에 서고 강의도 했지만, 가정 경제에 기여할 만큼의 소득은 없었다. 그나마도 최근 몇 년은 아빠한테 붙들리다시피 지낸 터라 전에 하던 일도 '업데이트'가 꽤 필요할 것이다. 당장 일을 하실 여건이 아니다. 게다가 경제권을 꽉 잡고 있던 아버지가 사라졌으니 앞날 걱정이 크실 게다. 어른들 말씀에, 나이 들면 뭐라도 손에 쥐고 있어야 덜 불안하다고 했다. 엄마와 아빠 공동 명의인 아파트를 엄마 명의로 바꾸자. 상속이랍시고 집 하나 남은 것을 쪼개고 또 쪼개봐야 무슨 소용 있겠어? 그냥 다 엄마 드리는 것이 좋지. 내가 언제 부모님 재산 바랐나? 물론, 동생과 올케는 생각이 어떨지 모르겠다. 이따가 물어보자. 우리는 그간 돈 이야기를 해본 적이 한 번도 없었다.

버스가 장례식장으로 돌아왔다. 고모부가 상복을 장례식장에 반납해주신단다. 무거운 상복도 삼일장과 더불어 오늘로 끝이다. 잠깐 우리 집으로 가 차라도 한잔 하시자 했더니 다들 고단하다고 하신다. 그래, 장례 사흘, 아니 임종 날까지 나흘 동안 얼마나 고생을 하셨는지. 곧 만나 고기라도 먹자 하며 고모 가족과 헤어졌다. 멀어지는 두 분의 머리가 희끗희끗하다. 초등학생 때 처음 고모부를 보았을 때만 해도 창

창한 청년이셨는데.

이내 동생은 아빠의 영정을 제 차에 싣는다. 엄마가 어쩐지 무섭다며 우리 집에 못 두겠다고 하셨기 때문이다. 40여 년을 함께 산 부부인데도 돌아가신 아빠 사진이 무서운가? 엄마와 동생이 짐을 정리하는 사이에 나는 올케에게 집 문제에 대해 조용히 운을 뗐다.

"성훈이랑 잘 상의해봐."

"오빠도 형님이랑 같은 생각일 거예요."

"아냐, 올케 생각이 더 중요해. 지금 바로 결정하지 말고, 둘이 충분히 논의한 뒤에 알려줘."

시누이는 말 한마디가 늘 조심스럽다. 거드는 말도 쓸데없는 참견이 될까 싶다. 하물며 돈 문제다. '오씨들끼리 다 해먹는다'고 오해하지 않도록, 일부러 동생이 아니라 올케에게 의견을 전한 이유였다. 올케는 앞뒤 재지도 않고 바로 동의한다. 그래도 조심스러워 충분히 생각해보고 알려달라고 말했다. 한 10분이나 지났을까? 올케가 와서는 그새 동생과 논의를 끝냈단다. 집을 엄마 명의로 하자고.

"고마워, 올케."

큰 숙제 하나를 끝낸 기분이었다. 어떤 일은 쉬이 되겠거니 했다가 눈물 콧물을 쏙 빼는가 하면, 또 어떤 일은 이렇게 걱정을 하다가도 수월하게 지나가기도 한다.

집에 와서 씻고 옷을 갈아입었다. 당장이라도 드러눕고 싶은 마음이 간절했지만 다 같이 의논할 일들이 있다. 과일을 깎아놓고 모두 둘러앉았다. 엄마께 집 명의에 대해 우리 셋의 생각을 말씀드렸다.

"너희들 생각이 고맙구나."

엄마도 받아들이셨다. 이렇게 집 문제는 비교적 간단히 정리가 됐다. 무겁던 엄마 얼굴에 조금 여유가 생긴 것 같다. 잘됐다.

"부조금은 나누자. 이게 다 빚이야. 너희도 화환 보내주시고 문상 와주신 분들께 감사 표시를 해야 할 거야."

장례 비용과 병원비를 제한 부조금을 엄마께 다 드리려 했더니 각자 오신 손님 수대로 나누자 하신다. 듣고 보니 인사차 차라도 한잔씩 내려면 아닌 게 아니라 적잖이 돈이 들겠다 싶다. 그러려면 각자 제게 온 조문객을 헤아려야 한다. 명절 윷놀이도 아니건만 우리 네 사람은 둥글게 둘러앉아 조의금 판을 벌렸다. 방명록도 옆에 펼쳐두었다. 봉투에 이름이 없거나 글씨를 알아보기 어려운 경우가 있기 때문이다. 또 단체나 모임 이름이 적힌 봉투라면, 방명록을 반드시 대조해야 한다. 빈소에 오신 분들께는 특히 신경 써 인사를 해야 할 텐데, 그때 그 얼굴을 보았던가 가물가물한 경우도 있다.

"내 손님이야."

아는 이름이 나오면 자기 앞으로 봉투를 가져다놨다. 마치 바닷가 모래성놀이처럼. 아빠가 아는 사람은 엄마 손님으로 치기로 했다. 이름을 아무리 봐도 정체를 모르는 사람은 아빠 손님, 곧 엄마의 몫으로 넘겼다. '봉투 성 쌓기'가 끝난 후, 각자 몫으로 정리된 봉투 뭉치는 노란 고무줄로 묶었다. 엑셀에 능한 동생이 양식을 만들어 메일로 보내주면, 각자 정리한 뒤에 파일을 합치기로 했다. 엄마와 아빠 몫의 부조금 목록은 나보다 손이 빠른 동생이 정리하기로 했다.

돈 정산도 마땅히 필요하지만, 답례 인사를 하려면 부조금 정리에 시간을 끌지 않는 게 중요하다고 여겼다. 자칫 가족끼리 얼굴 붉히는 불쏘시개가 될 수도 있는 집 문제와 부조금 건이 생각보다 쉽게 해결됐다. 그래, 우리 집은 멱살잡이하는 일 따위 없을 줄 알았어. 그래도 혹시나 했는데, 정말 다행이다. 자식들이 내 것 네 것 가르지 않으니 엄마도 좋으신 눈치다.

하아, 밤이 깊었다. 오늘은 아무 생각도 하지 말고 푹 자야겠다. 아빠가 돌아가신 날부터 나흘간 이어진 긴장과 피로, 모든 것이 일단은 끝났다.

2 일상의 한복판에서

답례 인사

아빠를 할아버지와 할머니 곁에 모셔드리고 온 다음 날은 전국 동시 지방선거, 공휴일이었다. 다들 나들이라도 떠났는지 동네는 한산했고, 우리 식구는 사전 투표를 한 터라 집에서 시간을 보냈다. 고된 삼일장 직후에 늦잠도 자고 늘쩡거릴 법도 하건만, 분가한 동생 내외까지 와서 함께 꼬박 세 끼를 챙겨 먹으려니 명절 같은 활기마저 들었다. 아빠가 아직 집 앞 병원에 입원해 계신 듯 느껴졌다. 한 달 반 가까운 장기 부재에 시나브로 익숙해진 것이었다.

사전 투표를 한 데에 특별한 이유는 없었다. 그때만 해도 아빠가 이렇게나 급하게 가실 줄 몰랐으니까. '다 이유가 있었나 봐' 하며 시답잖게 지난 일에 생각을 끼워 맞췄다. 극적인 일을 겪고 나면 자연스레 운명론과 친해지는 것 같다.

"옛날에는 매장하고 나서도 다시 살아나오는 사람들이 있었잖아. 지금처럼 첨단 기기로 사망 여부를 판정할 수 없으니까. 그래서 며칠을 기다려 진짜 죽었나 확인해야 했어. 삼우제 같은 게 그래서 필요했던 거야."

지방선거 다음 날이 삼우제였다. 三虞祭. 전통 의례 용어들은 귀에도 입에도 좀처럼 익숙해지지 않는다. 그제야 궁금해져 찾아보니 망자의 혼백을 위로하기 위해, 장사를 지낸 뒤 사흘째 되는 날 묘소에서 지내는 제사이자 세 번째로 지내는 제사가 삼우제란다. 본래는 제사를 지내지만 우리는 엄마의 의지를 좇아 천주교식 미사로 대신했다. 유교식 제례를 장례 미사와 삼우 미사로, 불교식 제례를 사십구재 미사로 대체했다. 책에서 글로 배운 '서양 종교의 토착화'라는 말이 이런 것이구나 싶었다. 나는 비록 불교 신자지만 이런 건 종교적인 신념과 상관없는 일이다. 장례 미사와 마찬가지로 아빠를 잘 보내드리려는 형식일 뿐이다. 가족으로서 당연히 성당에 동행했다. 이틀 전 장례 미사를 지낸 성당에 들어서니, 상복 대신 검은 평상복으로 옷차림만 바뀌었을 뿐 그날의 기억이 고스란히 떠올랐다. 아빠의 부재를 재

확인하는 시간. 장례 미사 때처럼 시종 웅크리고 울어대지는 않았지만, 말랐던 눈물샘이 다시 열려 손수건으로 찍어내야 했다.

"율리안나 자매님, 씩씩하게 지내세요."

장례 미사 때 뵌 수녀님이 엄마를 안아주신다. 아이들은 대차게 넘어져도 아무도 없으면 혼자 꾹 참고 툭툭 털고 일어난다. 그러다가 누가 옆에서 "괜찮아?" 한마디를 건네면 갑자기 울음보가 터진다. 엄마도 그런 아이처럼 눈물을 조금 보이셨던 것 같다.

삼우 미사를 마친 뒤 올케는 제 집으로 돌아갔다. 그래, 상주에 효부 노릇까지 하느라 얼마나 고생을 했을까. 푹 쉬고 일상으로 돌아가야지. 다만 동생은 며칠간 우리 집에 머물면서 출퇴근하기로 했다. 아이고, 우리 엄마. 아들 없었으면 어쩔 뻔했나 몰라. 아빠의 빈자리가 허전할 엄마 곁을 지키고, 또 남은 일들을 의논해야 했다. 장지에서 올라오는 버스 안에서 확인한 것처럼 상속이며 사망 신고 같은 낯선 일들이 우리를 기다리고 있으니까. 우리 셋 중에서 문서 작업에 가장 익숙한 동생이 각종 신고와 신청 접수를 하고, 아빠의 통장이며 도장 등을 갖고 계신 엄마가 금융 관련 일을 처리하기로 했다. 나는 필요하다는 서류들을 수시로 떼어왔다. 사망 이후 한 달 안에 사망 신고를 하지 않으면 과태료를 물어야 하고, 또 어떤 일은 다른 일을 처리한 뒤에야 순차적으로 처리할 수 있기 때문에 절차를 따져가며 빨리 진행하기로 했다. 주어진 한 달이 그다지 여유롭게 느껴지지 않았다.

가장 먼저 '봉투 성 쌓기'로 분배한 봉투를 가지고 조문객 목록을 만들었다. 엄마는 서두르지 말고 일단 쉬라고 하시지만 마땅히 해야 하는 답례 인사가 늦어지면 쉬어도 마음이 편치 않다. 최소한 고맙다는 말이라도 빨리 전하고 싶었다.

기브 앤드 테이크

'어머 어머, 얘는 돈도 없는 애가 왜 이렇게 부조를 많이 했대? 돌려주면 자존심 상하려나?'

'그렇지, 우리가 친한 사이는 아니지. 이나마 표시를 해준 게 어디냐.'

예로부터 '마음 가는 데 돈 간다'고 했다. 애틋한 연애에만 적용되는 말이 아니라 부조로도 인간관계의 민낯을 알 수 있다. 경조사는 그 어느 경우보다 철저한 '기브 앤드 테이크'다. 부조금 액수를 보며 상대가 나를 어느 정도 중량으로 인식하는지를 가늠하고, 장차 그 사람에게 투자할 만한 가치가 있는지 냉정하게 따져보기도 한다. 경조사 부조 목록은 그렇게 살생부 기능을 하는 것이다.

"세상살이는 공평하지 못해. 내가 1을 준다고 해서 그 사람도 내게 1을 주진 않아. 0이나 마이너스가 될 수도 있지. 그런데 내가 생각지도 못한 사람이 1이나 2를 주기도 해. 결국 큰 틀에서 공평해지는 거야. 그러니까 내가 손해 본다 억울해하지 말고 베풀면서 살아. 베풀 수 있는 무언가를 갖고 있는 것도 복이야."

사회생활 초기부터 선배는 종종 인연의 덧셈 뺄셈 법칙을 이야기했다. 원하든 원치 않든 나도 정글에서 이리 치이고 저리 깨지며, 반드시 콩 심은 데만 콩이 나는 것이 아님을 알게 됐다. 어떤 때는 콩 심은 자리에 팥이 나기도 하고, 또 아무것도 안 나기도 했다. 아무개는 결혼식, 아이 돌잔치, 부모 장례식까지 겹겹이 선의를 베풀었건만 '원금 회수'조차 하지 못했다. 그런가 하면 아빠의 장례에서는 '남는 장사'를 했다.

"손이 필요하면 나를 불러요. 이런 건 민폐가 아니에요."

"아버님과 가족들을 위해 기도할게요."

빈소에서 들은 이런 위로는 진짜였다.

일단 비용 면에서 '적자'가 나지 않아 한시름 놓았다. 상주가 동생과 나 단둘인 데다 아직 비교적 어린 편이라 사회적 연결망이 탄탄하다고 할 수 없는 처지였다. 그래서 빈소가 초라할까 봐, 혹은 장례비와 병원비가 조의금을 초과할까 봐 마음 쓴 것이 사실이다. 우리 가족에게는 장례 이후의 삶과 연결되는 현실적인 문제다. 또 돈 문제가 아니더라도 우리가 보이지 않는 끈으로 연결돼 있음을 사람들은 다양한 방식으로 알려주었다. 예상치 못한 위로와 격려를 받으며, 과연 나는 사람들을 어떻게 대해왔는지 돌아보게 되었다. 낯이 뜨거워지면서 '참 깍쟁이였구나' 반성하기도 한다. 미래를 명분 삼아 '시간 거지'로 현재를 살면서 '나중'으로 흘려보낸 인연이 참 많았다는 사실도 깨닫는다. 큰일을 겪으면서 배우는 것이 한두 가지가 아니었다. 게다가 그 하나하나의 의미가 참 묵직했다. 나의 아픔을 위로하려 애써주신 분들을 보며 무척 고맙고 미안했다.

동생이 조문객 이름, 금액, 방문 여부, 관계, 직함, 비고 등으로 파일을 만들었다. 빈칸을 채워넣으며 한 분 한 분께 새삼 또 고마웠다. 남매는 각자 정리한 파일을 한데 합쳤다.

"힘든데 그냥 단체 문자 돌리고 쉬지. 너도 참 유난이다."

부고를 전할 때처럼, 빈소를 찾거나 애도를 표해주신 분들께는 인사를 해야 한다. 연결이 되지 않은 몇 분을 제외하고 나는 끝까지 모든 분과 직접 통화했다. 마음을 먹었어도 역시 쉬운 일은 아니었다. 직장에 다니는 사람들은 대체로 점심시간 전후, 오후 너댓 시부터 퇴근 즈음을 주로 공략했다. 그리고 늦은 시간에 방해가 되는 결례를 피하고자 저녁 8시 이후에는 전화를 하지 않았다. 어떤 분은 다정한 말로 응원과 당부 말씀을 해주셨다. 또 어떤 분은 나중에 안정되면 만나자며 전화를 바로 끊는 경우도 있었다. 후자는 대체로 나와 같은 경험을 해본 분이다. 세심하게 상대를 배려해주는 마음 씀씀이가 거듭 고마웠다. 이렇게 답례 인사를 하는 데 꼬박 이틀이 걸렸다. 에너지가 꽤 많이 소모되는 일이라, 나는 텔레마케터는 못 하겠구나 싶었다.

두세 번 전화해도 연결이 되지 않은 분들께는 문자 메시지를 보냈다. 답례문을 만드는 것도 역시나 부고처럼 예제가 마땅치 않았다. 결국 또 자가 발전이다. 인터넷에서 검색한 것들은 아주 단순했다. '와주셔서 감사하다'는 내용만 들어가면 충분했다. 메시지가 어떻게 구현되는지, 이번에도 엄마와 아빠의 핸드폰으로 보내보면서 테스트를 거쳤다.

> 삼가 말씀 올립니다.
>
> 제 부친(오정범 마태오)의
> 상사에 주신 따뜻한 위로와
> 격려의 말씀, 가슴에 새기고
> 잊지 않겠습니다.
> 직접 찾아뵙고 감사 인사
> 드려야 옳으나 여의치 못하여,
> 우선 이렇게 글로 대신합니다.
> 귀댁의 안녕과 평안을
> 기원합니다.
>
> 오채원, 오성훈 올림.

여기까지 일을 마친 후에는 깊은 침묵에 들어갔다. 밥벌이같이 피치 못하는 경우가 아니면 바깥 활동과 SNS 등을 모두 삼가기로 했다. 사십구재를 마치고 마음의 상복을 벗을 때, 내 나름대로 탈상한 이후로 모든 것을 미뤄두었다. 그동안 SNS에서 빈소 사진이나 부고를 올린 이들을 여러 번 봤는데, 행여라도 이런 행동이 부정적인 인상을 줄까 봐 마음에 걸렸다. 그래서 아빠의 부고도 문자 메시지로만 전한 터였다. SNS라는 것이 홍보나 자랑, 정보 공유에 유용하긴 하지만 더러는 이런 식으로 올라오는 부고가 검은 물을 끼얹는 것처럼 여겨지는 경우가 있었다. 나 또한 굳이 끈끈한 유대 관계가 아닌 사람들에게까지 음울한 소식을 전하고 싶지 않았다. 징징거리는 모습을 보이고 싶지도 않았다. 이런 뜻을 이해하는 이들은 탈상까지 묵묵히 기다려주었다. 애도 시간을 충분히 갖는 것도 중요하지만, 무엇보다 상주로서 행동을 삼가야 한다고 생각했다. 세상이 예전과 달라졌다 해도 과한 행동으로 이목을 끌거나 철딱서니 없이 눈에 띄는 사람은 좋게 보지 않기 마련이다. 특히 나처럼 사람들 앞에 서는 게 직업인 입장에서는 평판 관리에 유난히 예민할 수밖에 없다. 자기 검열이나 압박도 크다. 더하지도 덜하지도 않은 '상주다움' 혹은 '유가족다움'을 유지해야 한다. 그것이 뭔지는 정확히 모르겠지만.

아빠의 '아끼다'에 대하여

유품 정리

없는 집 맏아들, 자수성가해 꾸린 살림. 우리 아빠 이야기다. 평생을 아끼고 또 아끼며 사신 분. 아빠의 삶을 한마디로 함축하는 동사를 꼽는다면 '아끼다'가 단연 독보적이다. 국어사전이 말하는 '아끼다'는 이런 뜻이다.

① 물건이나 돈, 시간 따위를 함부로 쓰지 아니하다.
② 물건이나 사람을 소중하게 여겨 보살피거나 위하는 마음을 가지다.

1번은 '절약하다', 2번은 '귀하게 여기다'와 비슷하다. 아빠의 '아끼다'는 어느 쪽에 더 가까웠을까? 내 눈에는 1번이 더 강해 보였다. 아끼는 이유를 직접 말로 하신 적은 없다. 나는 종종 의문이 들었다. 과연 아빠는 아껴서 얻으려는 목표나 그 과정, 도달 지점을 분명히 인식하고 계신지. 우리가 어릴 때도 아빠는 용돈을 주시면 곧바로 저금하라고 하셨고, 몽당연필에 볼펜 깍지를 끼워 쓰도록 엄하게 가르치셨다. 왜 그래야 하는지는 이야기한 적이 없다. 저축을 하면 나중에 그 돈으로 무엇을 할 수 있는지, 새 연필이 서랍에 가득한데 왜 굳이 불편하게 몽당연필을 써야 하는지 나는 듣지 못했다. 그냥 그렇게 해야 마땅할 뿐이었다.

물건뿐만이 아니었다. 아빠는 말도 아끼셨다. 아빠만 그런 게 아니라 우리 식구는 서로 말에 고리를 걸 기회가 많지 않았다. 내가 기억하는 한 우리 집은 늘 조용했다. 표현하자면 정서적인 '평온'보다는 물리적 '침묵'이 적절할 것이다.

초등학생 때 가족 신문 만들기 과제를 하면서 나는 처음으로 우리 가족의 정체를 생각해보았던 것 같다. 1면 꼭대기에 엄마가 불러주는 대로 '행복한 우리 집'이라는 글귀를 색색으로 적으며 생각했다. '행복이 무슨 뜻일까?', '어떤 느낌이 행복일까?', '우리 가족은 행복한가?' 같은 생각이 어린 머릿속에 꼬리를 물었다. 며칠이나 생각한 끝에 혼자 적당히 타협을 보았다. 잘은 몰라도 우리 집은 행복하다, 잠정적으로 그렇게 결론을 내렸다. 그러나 그 의문은 어른이 되도록 남아 있었다. '행복한 우리 집'의 모순은 점점 더 선명해졌다.

부처님 관점에서 이해해보면 아빠의 '아끼다'는 훈습熏習에 의한 것 같았다. 비누를 싼 종이는 비누에서 벗겨내도 두고두고 향기를 뿜는다. 생선을 만진 손에서는 한동안 비린내가 난다. 원인 요소가 없어진 뒤에도 우리는 습관대로 사고하고 늘 하던 행동을 반복한다. 아빠의 '아끼다'는 의식적인 행동이라기보다, 자동으로 튀어나오는 습관으로 보였다. '귀하게 여기다'도 습관이 될 수 있건만, 아빠에게서는 두고두고 '절약하다'의 냄새가 났다.

아빠 본인에게는 '아끼다'가 어떻게 발현됐을까? 다른 사람이 선물하지 않는 이상 자기 자신을 위해서는 좋은 물건을 사는 일이 없었던 사람. 아빠는 스스로를 귀하게 여기셨을까? 내가 나를 소중히 여기는 사람이 타인도 소중하게 대할 수 있는 법이다. 우리는 '나'로부터 시작해 점점 넓은 바깥으로 삶의 이치나 세계관을 넓혀나간다. 바람직한 생각과 태도를 내 안에 잘 다져야 밖으로도 선한 영향력을 미친다. 달리 말해 자신과 공감하지 않으면 바깥세상과의 소통도 요원해진다. 또 주변과 건강한 연대가 없으면 자존감을 얻기도, 유지하기도 쉽지 않다. '절약한다'는 의미의 '아끼다'보다 '귀하게 여긴다'는 '아끼다'를 자기 자신에게 적용하는 것이 중요한 이유다. 그런 의미에서 과연 아빠는 물건 말고 당신 자신을, 당신의 몸과 마음을 귀하게 여기셨을까?

아빠가 과거·현재·미래의 유령을 만나지 않은 스크루지처럼 비인간적이었다는 의미는 아니다. 아빠는 매달 불우이웃을 후원하고 꾸준히 성당 봉사 활동을 하셨다. 보수적인 가장답게 가족 부양도 성실하게 책임지셨다. 그럼에도 딸내미 눈에 '아낌없이 주는 나무'로 보이지는 않았다. '아무 걱정 마라. 어떻게든 내가 해결할 터이니 너는 절대 기죽지 마라' 같은 말은 내 마음속에서만 메아리쳤다.

좌절했다가도 바닥을 치고 튀어오르는 힘, 역경을 동력 삼아 다시 뛰는 힘을 심리학에서는 '회복 탄력성'이라 부른다. 이 유연한 마음의 근력은 어린 시절부터 절대적으로 지지해주는 누군가가 있을 때 길러진다고 한다. 하지만 안타깝게도, 일찌감치 자발적 체념을 터득한 나는 내가 가진 가능성을 긍정하는 방법을 배우지 못했다. 도움을 요청하는 방법도 알지 못했다. 그래서 남들이 베푸는 친절에 너무 쉽게 감동하고, 작은 비판이나 비난에는 폭삭 무너졌다. 다칠 만큼

다친 뒤에야 조금씩 마음의 근력을 기르기까지 무척 오랜 시간이 걸렸다.

그래도 이해하고 싶다, 아빠를

지나치게 일관된 아빠의 '마음 절약' 태도에 질식할 것 같은 시간이 있었다. 그 그늘 속에서 내 인생이 회색빛이 될까 봐 두려웠다. 그러다 언제부터인지 그런 아빠가 종종 안쓰러웠다. 아마도 아빠가 은퇴한 즈음부터였던 것 같다.

아빠의 삶에도 행복이 있을까? 아빠는 행복의 의미를 곱씹어본 적이 있을까? 빈손으로 왔다가 빈손으로 가는 게 인생이라고들 하지만, 삶의 시작과 끝이 빈손이라고 해서 과정마저 텅 비어야 하는가? 오히려 채우는 과정이 있어야 그 원심력을 극복한 '공空'이 유의미해지는 게 아닐까? 시종일관 '텅 빈' 삶이 가능하단 말인가? 작은 점이라도 좋으니 '가득'을 찍어봐야 스스로 비우는 동력도 생기는 것 아닌가? 체념과 관조가 다르듯, 포기와 비움도 다르다.

나는 아빠의 인생이 가득 찼건 텅 비었건, 주체적으로 뚜

벅뚜벅 한쪽을 택해 나아갔다고 생각하지 않는다. 아빠는 세상 사람들이 말하는 올바름, 이를 등에 업은 '돈귀신'의 훈습에 둘러싸여 사신 것 같다. 아빠의 삶을 전부 부정하는 것이 아니다. 인간으로서, 내 삶을 스스로 꾸리는 동등한 사람으로서 안타깝다는 뜻이다. 아빠를 이해하려는 나의 몸부림인 셈이다.

돌아가실 줄 모르고 크리스마스에 선물한 캐시미어 머플러가 새것 같다. 2~3년 전 생신에 사드린 호주산 양털 슬리퍼도 깨끗하다. 20여 년 전 엄마와 동생까지 우리 셋이 돈 모아 선물한, 왼쪽 가슴에 말 탄 사람이 수놓인 스웨터도 당장 입을 수 있을 정도로 말짱하다. 참 대단히도 아끼셨구나. 물건보다 당신 자신을 아끼셨으면 좋았을 것을. 우리 가족도 서로를 아껴주며 '행복한 우리 집'을 만들었으면 좋았을 것을. 삼우제가 지나고 아빠가 남긴 물건들을 정리하며, 아빠의 삶을 관통한 한마디 '아끼다'를 곱씹는다.

The Show Must Go On

일에 몰두하기

'빨간 모자를 눌러 쓴 난 항상 웃음 간직한 삐에로, 파란 웃음 뒤에는 아무도 모르는 눈물.'

오래전 노랫말처럼 희극이 직업인 사람들은 중병에 걸려 투병 중이거나 가족을 잃은 상중에도 무대에 올라 관객을 웃겨야 한다. 그런 이들의 딜레마를 종종 듣는다. 카를 융Carl Jung이 말한 페르소나, '사회적 자아'라는 가면을 쓰고 주어진 역할을 수행하는 게 우리 삶이다. 페르소나는 세계와 상호작용하는 데 도움이 되기도 하지만, 마음과 다르게 말하거나 행동해야 하는 상황 앞에서는 종종 내면에서 갈등을 일으키기도 한다.

유명인도, 연예인도 아니지만 내게도 비슷한 고충이 있다. 청중 앞에서 강연하고 이야기꾼으로 공연을 이끄는 게 직업이다 보니, 후두염으로 목소리가 나오지 않아 문자로만 말하던 순간에도 상태를 증명하기 위해 연단에 올라야 했다. 막간에 10분 쉬는 동안 관계자의 모욕적인 전화에 울다가도, 얼른 추스르고 강의실로 돌아가 웃고 떠들기를 반복한 날도 있었다. 몸뚱이나 마음의 상태와 별개로 가면을 쓰고서 내 앞에서 눈을 빛내는 사람들에게 긍정 에너지를 전하는 것이 내 일이다. 나의 에너지 수위가 낮은 날은 청중의 반응도 시원찮다. 그런가 하면 또 어떤 날은 내 기운이 달린다는 생각에 마지막 힘을 쏟아부어 오히려 더 큰 호응을 얻을 때도 있다. 이럴 때는 축 처지던 목소리가 한껏 커지고 표정이 활짝 밝아진다. 청중의 기운을 받은 덕에 100퍼센트 충전된 배터리가 반짝반짝거린다. 명약도 이런 명약이 없다. 무대와 연단에 선다는 것은 내게 단순한 밥벌이를 넘어서는 일이며, 한층 큰 활력을 충전하는 일이다.

'공연에는 지장이 없겠구나. 다행이다.'

아빠의 사망 선고를 듣고 경황없이 장례를 준비하다가 그런 생각이 떠올랐다. 열흘 뒤에 음악회 무대에 올라야 했다. 까딱하다간 장례식장이나 장지에서 발을 동동 구를 뻔했다.

아니, 빈소와 가족 곁을 지키지 못해 죄책감을 품고 무대에 섰을 확률이 높다. 예고된 공연, 주최자는 물론 관객이 기다리는 행사는 엄중한 약속이니까. 무슨 일이 있어도 티 내지 않는 것이 프로의 자세라고 배웠으니까.

세종 즉위 100주년 기념 음악회《세종, 풍류를 만나다》. 아빠의 장례 직후 열린 공연이다. 문화 소외 지역 중고생을 대상으로 『조선왕조실록』의 세종 이야기를 들려주고 현대 국악을 소개하는 무대에서 공연을 이끄는 이야기꾼이 나의 역할이었다. 이미 반년도 더 전에 예정된 대로 나는 그날 새벽부터 움직였다. 몸도 마음도 난조였지만 나보다는 엄마가 더 걱정이었다. 아빠가 돌아가신 이래 한나절을 꼬박 넘겨, 게다가 해 넘어간 밤중까지 엄마를 빈집에 혼자 둔 일은 한 번도 없었다. 세상을 떠난 아빠의 영정마저 동생네로 치웠을 만큼 엄마는 심약한 상태였다. 아빠가 입원한 이후 날마다 몇 시간이고 명상 유튜브를 틀어놓고 주무신 걸 보면 그래야만 할 만큼 마음이 쉬이 다스려지지 않았던 모양이다. 아빠가 계실 때는 그토록 강하고 꿋꿋한 엄마였건만.

막 해가 뜰 무렵 집에서 나와 일행과 함께 버스를 타고 강원도에 도착했다. 점심을 먹고 웹진 인터뷰도, 공연 리허설도 무사히 마쳤다. 집에서 나설 때까지만 해도 무겁기만 하던 마음이 현장에서 사람들과 섞이니 담담해졌다. 잠깐이나마 잊는 것이다, 엄마도 아빠도. 무대에서는 오직 대본과 관객 생각만 했다. 지금까지 숱하게 오른 무대와 다르지 않았다.

무사히 음악회를 마친 후, 이른 저녁식사와 미팅까지 마치니 6시가 지나고 있었다. 강원도에서 집까지는 서너 시간이 족히 걸린다. 차창 밖으로 뉘엿뉘엿 해가 떨어지면서 빛이 사그라들었다. 어느새 시계 바늘이 8시를 향한다. 마음이 급해져 엄마께 전화를 걸었다.

"지금 텔레비전 소리 크게 틀어놨어."

텔레비전을 보는 것이 아니라 텔레비전 소리를, 그것도 크게 틀어놨다 하신다. 나는 캄캄한 곳에 혼자 있는 것이 너무나 무섭다. 어려서는 물론이고 지금도 그렇다. 혼자 집에 있으면 온 집 안의 불을 밝히고 텔레비전도 틀어서 인기척을 만들어낸다. 엄마도 나처럼 무서운 것인지 아니면 허전한 것인지, 어느 쪽이든 짠하다. 예전에 엄마는 이런 적이 없었다.

"엄마 드시라고 맛난 한우를 부위별로 샀어요. 빨리 갈게요."

"걱정 마. 엄마 잘 있어."

"네, 곧 갈 테니 조금만 기다리세요."

"내가 애기가 되어버렸네."

"이럴 때 실컷 누려보세요."

집에 서둘러 도착해 현관문을 여는데 엄마가 반가운 얼굴로 맞아주신다. 안도의 한숨이 절로 나온다. 그런 느낌은 처음이었다. 나는 그간 엄마의 딸일 뿐이었다. 그런데 어느새 내가 엄마를 보호해야 한다는, 내가 나에게 가하는 심적 압박이 컸구나.

"바쁜 게 좋은 거지. 물 들어올 때 노 저어야 해."

사회에 나온 이후로 마음 편히 쉬어본 날이 많지 않다. '흙수저'로 태어난 데다, 특별할 것 없는 스펙에, 밀어주고 끌어주는 인맥도 마땅치 않은 나 같은 사람은 성실밖에 답이 없다. 찾아서 일을 만들어야 하는 자유직 종사자는 24시간 업무에 노출되어 있다. 특히 나 같은 '지식 점방' 주인은 꾸준한 공부와 업데이트가 밑천인지라 머릿속이 쉴 새 없이 돌아간다. 거기다 대학원 공부를 시작한 뒤로는 일하랴 공부하랴 늘 시곗바늘과 다투는 '시간 거지'로 살았다. 주말도 명절도 사무실, 강의장, 공연장, 답사 현장 등 집이 아닌 곳에서 지내기 일쑤였다. 오죽하면 명절에 차례 상을 물리고 설거지라도 할라치면 엄마는 딸이 독립투사라도 되는 양 묻지도 따지지도 않고 "바쁠 테니 어서 나가봐라"고 하실 정도다. 그러다 몸이 더는 못 견디고 제동을 걸어야 비루한 몸뚱이를 탓하며 비로소 휴식을 당하곤 한다. 스스로 알아서 쉬는 법을 잊고, 가족이나 가까운 이들과 시간을 보내는 데도 인색한 시간 구두쇠. 사람들은 고맙게도 바쁜 나를 '성공'이라는 정체불명의 잣대로 긍정해주었다. 에휴, 진짜 성공이나 했으면 몰라.

그런 내가 적어도 사십구재까지는 일을 미루고 줄이고 하면서 집에 있기로 마음먹은 것이다. 지나고 보니 그다지 중요한 것도 아니었는데, 그때는 업무가 밀리는 것에 두려움과 갑갑증이 있었다. 엄마도 사분사분하지 않은 딸과 함께 익숙하지 않은 시간을 보내는 게 어쩌면 썩 편하지 않으셨을지도 모르겠다. 어쨌거나 나는 엄마를 혼자 두고 집을 비우는 일이 내키지 않았다. 엄마는 어떻게 생각하셨을지 몰라도, 적어도 내 입장에선 엄마를 돌봐야 한다고 생각했다. 엄마는 남편을 잃은 사람이고, 나는 엄마의 유일한 동거인이자 맏이니까. 엄마를 두고 외출했을 때의 불안. 워킹맘이 이런 맘일까?

상처 입은 치유자

영화 《폴란드로 간 아이들》에 '상처 입은 치유자'라는 말이 나온다. 나의 상처가 타인을 치유하는 데 기여한다니, 무슨 말일까? '상처 입어본 의사가 치유도 한다'고 본 융이라면 그럴듯하게 설명할 수 있을 것이다. 어쨌든 실존하는 불안 속에서 나는 엄마를 돌보려 애썼다. 그리고 그것이 결국 나를 돌보는 일이 되었다. 아무렇지 않은 척은 할 수 있을지 몰라도, 아무렇지 않게 아빠의 죽음 이전으로 돌아갈 수는 없다. 다만 새롭게 시작할 수는 있다. 서로 상처를 보듬으며 그렇게 다시 함께한다면.

비록 조금 어색하긴 했지만 돌아보면 내가 엄마를 돌본다고 생각했던 그 시간은 엄마와 나 모두에게 의미 있는 시간이었다. 지금까지 그랬던 것처럼 여전히 함께하는 것, 그것이 남은 사람들이 해야 할 최초의, 그리고 최선의 방법이 아닐까?

그렇게 세상에 남은 가족의 시간이 흘러가기 시작했다.

특수 요원

일하면서 보살피기

아빠를 보내드리고 바로 다음 달인 7월에는 집을 비울 일이 여럿 잡혀 있었다. 대부도 학술 대회 2박 3일, 강원도 고성 반나절 워크숍과 연이어 대학원 논문 워크숍 1박 2일.

2박 3일짜리 학술 대회는 첫날 회의를 하고, 둘째 날 발표와 토론이 있고, 마지막 날 대부도 답사가 잡혀 있었다. 나는 진작 참가 신청을 하고 발제문까지 제출한 터였다. 고성에서는 지역 주민을 대상으로 사진작가와 내가 함께 가족 소통 워크숍을 진행하고, 하룻밤 지낸 뒤 곧바로 1박 2일로 논문 발표와 토론 워크숍이 이어지는 일정이었다.

아직 탈상 전인 데다 무엇보다 엄마를 혼자 두고 외박을 해야 하는 게 마음에 걸렸다. 그때까지도 나는 외박은커녕 가능한 한 해가 지기 전에 집에 들어가려고 애쓰고 있었다. 엄마가 집에서 멀리 외출하실 때는 동생이나 내가 따라다녔다.

"엄마 혼자 다니시면 절대 안 돼요. 알았죠? 힘들다 싶으면 무조건 아무 카페라도 들어가서 에어컨 바람 쐬시고요."

한여름의 뜨거운 열기에는 누구라도 어찔할 때가 있는 법인데, 자칭 타칭 노인인 60대 엄마는 마음마저 약해져 있었다. 공황장애 환자처럼 지하철이나 버스를 오래 타면 갑갑하다며 도중에 내려 밖으로 나와야 했다. 나와 함께 외출할 때도 갑자기 기운이 떨어져 허둥지둥 벤치를 찾은 적이 있던 터라, 혹시나 엄마 혼자 밖에 나가셨다가 길에서 쓰러지는 것은 아닌지 걱정이 앞섰다. 무뚝뚝한 딸이라도 엄마와 떨어져 있을 때는 수시로 전화를 걸어 상태를 확인했다. 그때는 그렇게 매일 노심초사했다.

"나는 괜찮으니까 다녀와."

엄마의 대답을 곧이곧대로 믿을 수가 없었다. 내 할 일을 저울에 올려놓고 무게를 따져 꼭 해야 할 일만 골라내야 했다. 남들과의 약속도 지켜야 하지만 일단은 내 가족에게 중점을 둬야 하는 시기였다. 최선을 다하지 않았다가는 언젠가 엄마가 안 계실 그때에 크게 후회할 것 같았다.

결국 대부도 학술 대회는 참석하지 않기로 결심했다. 숙박을 하지 않고, 둘째 날 내가 맡은 발표만 서둘러 마치고 올까 고민하기도 했다. 그러나 집에서 대부도까지 거리가 만만치 않고, 당일로 다녀오더라도 밤늦게야 집에 들어오게 된다. 관계자들께 양해를 구하고 엄마 곁에 있기로 했다.

"논문은 혼자 쓰는 게 아니야."

건장한 체구에 반백 머리를 고무줄로 묶은 꽁지머리. 환갑이 넘었어도 여전히, 아니 그래서 더 멋쟁이인 교수님. 학문 공동체를 추구하는 지도 교수는 1년에 두 번, 방학 때마다 제자들과 논문 워크숍을 떠난다. 발표하고 토론하는 과정에서 저마다 탄탄하게 논제를 다지고, 이어지는 여행에서 교수와 제자의 벽을 허물어 친근하게 소통하는 기회를 만드는 것이다. 이렇게 공부를 삶에 녹여 소통을 실천하는 우리 교수님이 나는 참 좋다. 게다가 박사 과정을 마치고 뒤늦게 논문을 준비하는 내게 워크숍은 선택이 아니라 필수다.

교수님이 2년 연속 여름 워크숍 장소로 택한 곳은 고성의 왕곡 마을이다. 영화《동주》촬영지로도 유명한 마을은 조선 후기의 북방식 한옥이 잘 보존되어 있을 뿐 아니라, 지금까지도 주민들이 농사지으며 살고 있는 곳이다. 이곳에 한옥으로 지은 오봉교회가 있다. 2016년 왕곡 마을에 답사를 갔다가 우연히 만난 목사님과의 이야기를 잡지 칼럼에 쓴 적도 있을 만큼 내게는 인상이 강렬한 곳이다. 지금껏 보아온 목사님 중에 가장 목사 같지 않은 목사님. 시골 마을에 처음 터를 잡은 그 자리에서 40여 년째 사역하고 계신 진짜 목사님. 진지한 학구파에 일상의 깨달음을 기반으로 소통하는 분. 언제나 반갑게 맞아주는 따뜻한 안식처 같은 분. 어쩌면 나는 목사님에게서 이상적인 아빠의 모습을 꿈꾸었는지도 모르겠다.

목사님은 작년에도 에어컨을 시원하게 틀어주시며 논문 워크숍 장소로 기꺼이 교회를 내주셨는데, 올해도 부담 없이 사용하라고 말씀하신다. 한사코 사용료를 받지 않으시니 성격마저 깔끔한 우리 교수님은 헌금이라도 하자고 아이디어를 내셨다. 나는 나대로 목사님께 감사하는 뜻에서 공식 워크숍 전날 신도들을 대상으로 강의를 하기로 했다. 말하자면 두 일정이 한 세트인 셈이다. 그러니 이 일정을 통째로 날려버릴 수 없다.

그렇다면 숙박만 하지 말까? 교회 워크숍을 마치고 집에 갔다가, 이튿날 논문 발표만 하고 돌아올까? 하아, 아무래도 무리다. 거리가 너무 멀다. 북한 땅과 지척인 강원도 끝까지는 왕복 여섯 시간 이상 걸린다. 어쩌지? 날짜는 다가오는데 결정을 못 하겠다.

"엄마, 고성까지 가실 수 있겠어요?"

고민 끝에 엄마와 동행하기로 했다. 나 혼자 결심한다고 될 일이 아니다. 엄마의 몸과 마음이 허락해야 한다.

"핑계 김에 여행 가지 뭐."

다행히 엄마가 별 고민 없이 그러자고 하신다. 오봉교회 목사님께 전화를 드렸다.

"목사님, 제가 소통 워크숍 진행할 때 엄마가 마땅히 계실 곳이 없어요. 엄마도 참관하시면 어떨까요? 워크숍에 오시는 분들이 낯선 얼굴 있다고 불편하시려나?"

"다 편안한 분들이라 괜찮을 거야."

"잘됐네요! 그리고 다음 날 제가 논문 워크숍에 들어가면 목사님이 몇 시간만 엄마와 시간을 보내주세요. 다른 일정이 없으시다면요."

"걱정 마. 엄마는 내가 밀착 경호할게."

목사님은 이미 아빠 일을 알고 계셨다. 우리 집 사정을 잘 아시는지라 이 기회에 엄마와 쉬었다 가라 하신다. 휴우, 한숨 돌렸다. 이제 교수님께 말씀드릴 차례였다. 논문 발표만 참석하겠다고 양해를 구해야 하는데 선뜻 말문이 열리지 않는다. 엄마의 컨디션이 순간순간 널을 뛰는 터라, 출발 당일까지 모든 것이 불확실했다. 에라, 모르겠다, 현장에서 부딪치자.

드디어 출발

7월 13일 아침, 우리는 강원도 고성으로 떠났다. 장례식장에서 조문객 맨투맨 마킹 요원으로 활약해준 사진작가 차경도 동행했다. 오봉교회에서 진행할 워크숍이 사진과 함께 가족과 소통하는 것이라 차경 작가의 역할이 어쩌면 나보다 더 중요하다.

“우리 엄마와 2박 3일을 지내기가 불편하지 않겠어?”

“나는 어디서든 잘 먹고 잘 자니까 신경 쓰지 마세요.”

엄마와 차경은 두어 번 만났을 뿐 긴 시간을 함께하는 것은 처음이기에 신경이 쓰인다. 하지만 도리가 없다. 일정을 소화해야 하고, 엄마를 혼자 둘 수 없다.

속초 터미널로 목사님이 마중을 나오셨다. 그러고는 외지인은 잘 모른다는 냉면집, 이어서 피크닉 세트를 빌려주는 바닷가 카페에 우리를 데려가셨다. 보통 나는 강의 전에 식사도 하지 않고 혼자 차분히 시간을 보낸다. 오롯이 강의 내용에 집중하다가 일찌감치 강의장에 들어가 사람들을 기다려야 마음이 편하다. 강단에 선 지 15년이 넘었는데도 이 습관은 달라지지 않는다. 어떤 이는 완벽주의를 버리라고 충고 아닌 충고를 하지만, 이것은 강의를 앞둔 나만의 의식이다. 수영 선수 박태환은 경기에서 물에 뛰어들기 전에 헤드폰을 끼고 음악을 듣는다고 한다. 여행객이라면 목사님의 안내가 마냥 좋았겠지만, 사실 내 마음은 얼른 교회에 가서 저녁에 있을 강의를 준비하고 싶었다. 그런데 보아하니 차 작가도 엄마도 좋아하는 눈치다. 그래, 그럼 나도 괜찮다. 오늘은 강의보다 더 중요한 것이 있다.

바닷가에서 피서객 시늉을 하다 교회로 향했다. 빔 프로젝터, 노트북, 마이크, 동선을 확인한다. 문제없이 오붓하게 잘할 수 있을 것 같다. 여느 강연장과 달라 변수를 각오하고 왔는데 다행이다.

강의를 한 시간 앞둔 오후 6시. 오늘 프로그램에 스무 명 정도 참여한다고 들었는데 꽤 많은 분이 그보다 일찍 오셨다. 갑자기 음식이 푸짐하게 담긴 큼지막한 그릇들이 강당으로 들어온다. 목사님 사모님이 직접 만든 자연식으로 뷔페를 차리신다. 단순한 교육이 아니라 신도들과 함께하는 파티 느낌이다.

"못 먹을 줄 알았는데 계속 들어가네."

냉면을 먹은 지 두어 시간 밖에 안 지났는데 엄마는 근래 본 중에 가장 맛있게 식사를 하신다. 낯선 사람들 틈에서 잘도 드신다. 걱정했던 것보다 훨씬 잘하고 계시다.

이날 워크숍은 차 작가와 내가 역할을 나눠 진행하기로 했다. 나는 도입부에서 강의를 하고, 이후에 차 작가가 한 가족씩 사진을 찍는 동안, 나머지 가족들을 대상으로 글과 그림을 작성하도록 독려하는 퍼실리테이터 역할을 한다. 클라이맥스는 가족별로 콘셉트를 정해 가족사진을 찍는 것이다. 차 작가는 한쪽에 마련된 간이 스튜디오에서 사진을 찍고, 나는 참가자들 사이를 오가며 자연스럽게 분위기를 만들었다.

'어? 엄마가 어디 가셨지?'

당초 엄마는 강당 문가에 조용히 앉아 강의를 보고 계셨다. 처음이었다. 딸이 사람들 앞에 서서 강연하는 모습을 보시는 건. 그런데 엄마가 어느새 반사판을 들고, 카메라를 쥔 차 작가 옆에서 아이를 어르고 달래신다. 당신이 나서신 것인지, 아니면 누군가가 도움을 청한 것인지는 알 수 없다. 어쨌거나 참가자들과 더불어 엄마도 한껏 신이 난 표정이다.

그런 얼굴은 정말 오랜만에 본다.

"그렇게 연신 웃어본 게 언젠지 기억도 안 날 만큼 재미있었어."

특급 요원 등판 성공! 그때 찍은 엄마 사진은 지금 보아도 얼굴에 즐거움이 충만하다.

"하나님 아버지, 우리 교회 100주년 기념으로 가족사진 소통 워크숍을 진행했습니다."

두 시간 반의 교육을 마친 후 목사님 말씀에 따라 모두 손을 잡고 둥글게 선다. 목사님은 감사 기도를 올리시고는 이어서 놀랍게도 우리 가족에게 축복을 구하신다. 생각지도 못한 일격에 나는 그만 눈물이 터져버렸다. 한 손은 옆 사람 손을 잡고 나머지 손으로는 연신 눈물을 훔쳤다. 울만큼 울었다고 생각했건만 그게 아니었나 보다. 이놈의 눈물은 아직도 기회만 생기면 새어나온다. 나는 강연을 하러 왔다고 생각했는데, 실상은 목사님께서 내게 선물을 주신 것이다.

"엄마랑 여행 왔는데 좋은 곳에 묵어야지."

목사님의 선물은 그게 끝이 아니었다. 바다가 보이는 펜션을 예약해주신 것이다. 시골 교회 살림살이란 게 빤할 텐데. 피곤한 엄마는 먼저 주무시고, 목사님과 나, 차 작가는 펜션 카페에서 빙수를 먹으며 오늘 교육 내용을 분석하면서 수

다를 떨었다. 그제야 비로소 여행객 기분이 들었다. 물론 방으로 돌아와서는 다음 날 발표할 원고와 토론문을 살펴야 했지만. 논문 워크숍까지 마쳐야 진짜 여행객이 될 수 있다.

"안 먹을 자유는 없어."

다음 날 아침 이른 시간에 목사님은 특산품인 감자 시루떡을 들고 찾아오셨다. 투명하고 쫀득한 감자 시루떡. 사알짝 손을 대니 금방 쪘는지 따뜻하다 못해 뜨겁다. 벌써부터 입에 침이 고인다. 우리 식구는 다들 소화력이 좋지 못해 아무 때 아무 음식이나 즐기지를 못한다. '위장님'께서 받아주셔야 가능하다. 엄마는 안 드실 듯하더니, 전날 교회에서처럼 또 맛있게 드신다. 연이은 과식으로 위장님이 고단하실 텐데 묘하게도 소화가 잘된다 하신다. 떡을 맛본 우리는 또 목사님이 안내하시는 대로 동네 사람들만 안다는 횟집에서 맛난 점심도 먹고 노닥거리다가 왕곡 마을로 돌아왔다.

아, 이제 교수님을 만날 시간이다.

"교수님, 저희 어머니예요."

얼떨결에 두 분이 인사를 나누신다. 빈소에서 보셨다 해도 얼굴은 잘 기억나지 않을 게다. 교수님께 자초지종을 말씀드리니 "어, 잘 모시고 왔어" 하고 호쾌하게 답해주신다. 인사치레인지는 모르겠으나 일단은 넘어갔다.

내가 논문 워크숍에 들어간 동안 목사님과 차 작가가 엄마를 맡아주었다. 네 시간 가까이 걸린 워크숍을 마치고 나는 교수님과 동학들께 양해를 구하고 1박 2일 일정에서 빠져나왔다. 그리고 곧바로 엄마와 저녁식사를 하러 떠났다.

역시나 둘째 날 저녁도 목사님이 알려주신 맛집에서 차돌박이에 숙주를 곁들여 먹었다. 모녀는 처음 먹어보는 음식 궁합에 감탄했다. 이런 우리를 목사님과 차 작가는 신기해했다. 기름진 차돌박이는 소화가 안 돼 잘 안 먹거든요. '오봉교회 마법'이 다시 시작됐다. 엄마는 거짓말처럼 잘 드신다. 내가 굽는 족족 가져다 드신다. 하나도 걱정할 필요가 없었잖아! 줄곧 엄마 걱정만 했는데. 다들 젓가락 움직이는 속도가 더뎌진다. 그렇다면 이제 나도 본격적으로 먹어보자. 고기 1인분을 추가해야겠다.

"채원아, 그만 구워."

"엄마, 이제 나도 좀 먹으려는데."

"미안, 내 생각만 했네."

엄마가 달라졌다. 이제껏 엄마는 항상 고기를 굽는 사람이었다. 그 고기를 아빠는 재빠르게 가져다 드셨다. 드라마에서 보면 아빠들이 식구들 그릇에 고기반찬을 얹어주던데 우리 아빠는 좀 달랐다. 그래서 엄마가 늘 맛있는 음식을 양

보하셨다. 내 눈에는 그랬다. 그런데 이제 아빠가 안 계시니, 엄마는 그간 떠안았던 역할에서 자유로워졌나 보다. 엄마의 낯선 모습이 조금 어색하면서도 긍정적인 신호로 여겨졌다. 이제 엄마도 당신 인생을 사셔야지. 집 사고, 아이들 교육시키고, 맏며느리 노릇하고, 말년에 남편 수발까지 고생 많으셨으니 이제 고기쯤은 마음대로 드셔야지, 암!

"쉬고 싶을 땐 언제든지 와."

목사님 덕분에 2박 3일 여행을 무사히 마쳤다. 이 은혜를 어떻게 갚을지. 사실 나도 목사님과 그리 친밀하게 지내던 사이는 아니다. 2년 전인가 처음 뵌 이야기를 칼럼에 쓰고, 그 글이 실린 잡지를 보내드린 게 인연의 시작이었다. 그 후 간혹 전화드리고 근처에 갈 일이 있을 때 찾아뵙는 정도였다. 천주교 집안에서 태어나 불교로 개종한 나와 감리교 목사님의 어색한 조합. 그런데 생면부지에 가까운 내게 종교를 초월해 어떻게 이렇게 큰 사랑을 베풀어주시는지.

오봉교회 워크숍과 고성 여행의 여운은 꽤 길었다. 수업 호응도 괜찮았던 모양이다. 워크숍에 참여한 신도들과 목사님이 현장에서 촬영한 사진과 감상을 틈틈이 전해주셨다. 차경 작가와 나도 그날 현장에서 찍은 가족사진을 살뜰히 챙겨 보내드렸다. 충만한 감사는 꽤 오래갔다.

교수님께도 인사를 드려야지. 미리 말씀드리지 못해 당황하셨을 법도 한데 흔쾌히 받아주셨으니까. 평소 국궁을 즐기시는 교수님께 이메일을 띄웠다.

교수님.
오늘이 초복이라는데 어떻게 보내셨는지요? 이렇게 무더운 날에는 다산茶山이 추천한 송단호시松壇弧矢, 즉 솔밭에서 활쏘기도 좋은 피서법일 듯합니다.
교수님 이하 동학들께서 마음 써주신 덕분에 무탈하게 아버님 보내드리고 곧 사십구재를 맞습니다. 그 사이 제 일상에는 소소한 변화가 있었습니다. 가능한 한 어머니 혼자 캄캄한 집에 계시지 않도록, 해 떨어지기 전에 귀가하려 노력하고 있습니다. 따라서 지방 출장 등은 취소, 연기, 축소하고 있고요. 아버지가 입원하셨던 병원이 보이지 않는 곳으로 이사 가자는 어머니의 청에 따라 후보지를 틈틈이 돌아보고 있습니다. 이러다 보니 제 생활이 종종 헝클어지곤 하지만, 저희 가족에게 그 어느 때보다 중요한 시기라 인식하며 순응하려 애쓰고 있습니다.
몇 달간 아버지 간호로 지쳐 있던 어머니의 컨디션이 회복 중이긴 하나 시간이 더 필요할 것 같습니다. 그래서 워크숍 전날까지도 어머니가 여행을 떠나실 수 있는지 장담할 수 없었습니다. 사전에 어머니 동행에 대해 말씀드리지 못해 송구했습니다. 그럼에도 해량해주셔서 감사드립니다. 덕분에 어머니와 평온한 시간 보내고 돌아왔습니다. 그럼, 더 씩씩해진 모습으로 뵙겠습니다.
오채원 올림.

어제 마침 남산에서 활 쏘고 왔는데 이메일이 왔더군요. 그날 어머니와 잘 오셨어요. 분위기를 바꿀 필요가 있지요. 여름 방학에 논문 고민 열심히 하고 또 연락합시다.

"잘한 일이야. 암, 잘했어."

워크숍 이후 한두 달쯤 뒤 교수님과 맥주 모임이 있었다. 평소 긴 말씀 않으시는 교수님이 지난 워크숍 얘기를 꺼내신다. 의례적인 말씀이 아니고 정말로 괜찮다는 것이구나. 부친상을 당한 제자가 마음에 걸리시는 모양이구나. 역시, 나는 우리 교수님이 좋다.

고성에서의 2박 3일. 한 달여간 '유가족답게' 지내느라 갇힌 생활을 하다가 신세계로 떠나 우리를 모르는 사람들 속에서 자유를 되찾은 느낌이다. 이 짧은 여행은 그간 바람 앞 촛불처럼 불안해보이던 엄마가 차츰 일상에 안착하는 전환점이 되었다. 조금씩 실감한다. 이젠 진짜 우리 둘이 사는 것이다.

독이 되는 '따뜻한 말'

건강한 위로법

"네가 정신 바짝 차려야 해."

"엄마 잘 모셔야 한다."

장례식장에서 가장 많이 들은 말이다. 이미 최선을 다하고 있는데, 엄마 앞에서는 눈물마저 참고 있는데, 다들 나만 채찍질한다. 대학 입시를 앞둔 고3 수험생에게 '공부 열심히 하라'고 하는 것과 다르지 않다. 딴에는 관심 표현이었을 것이다. 그들 나름으로는. 그런데 아이러니하게도, 그런 말을 하는 사람들은 나와 교분이 깊은 이들이 아니다. 내 사정이나 성격 같은 건 알지도 못하고 조금 안다 해도 그리 대단치 않다. 먼저 내 심경을 물은 적도 없다. 자기들이 느낀 인상대로 판단하고, 아무렇지도 않게 즉각 숙제를 던지는 것이다. 무신경한 충고는 듣는 사람에게 전혀 도움이 안 되는, 아니 상처를 주는 훈수일 수 있다.

그들에 의하면 나보다 엄마가 더 슬프다. 감정을, 슬픔을 비교한다. 슬픔이라는 것에 절댓값을 매길 수 있을까? 가족을 잃은 것은 다 같은데 누구는 10만큼 슬프고 또 누구는 3만큼 슬플까? 슬픔의 종류나 내용은 다를 수 있되, 정도를 계측하는 건 불가능하지 않을까? 마치 무슨 공인 기준이라도 있는 것마냥 사람들은 일방적으로 엄마의 손을 들어준다. 엄마 윈win! 물론 그렇게 판단하는 근거가 있을지도 모르겠다. 아빠와 엄마는 40여 년을 함께 살았다. 나도 아빠와 40여 년간 한 가족이었지만 엄마만큼은 아니다. 태어나서 몇 년은 기억도 없다. 함께 보내고 기억하는 절대 시간으로 본다면 엄마 윈! 아빠와 엄마는 함께 집을 장만하고, 아이를 키우고, 오씨네 대소사를 챙기고 어른들을 봉양하는 동안 내내 함께 의사 결정을 하고 고락을 나눈 파트너다. 나는 동등한 인격체로서 아빠의 대화 상대로 존재했다기보다 일방적으로 영향을 받은 측면이 강하다. 그렇다면 이 또한 엄마 윈?

엄마가 아빠와 쌓은 추억이 다르고, 나와 아빠가 만든 추억이 다르다. 속에 품은 애증의 종류나 내력도 제각각이다.

그런데 왜 나는 엄마보다 덜 슬픈 사람이 될까? 엄마와 다른 결로 슬픈 사람이 아니라. 이치에 맞지 않는 것은 또 있다. 어떤 것은 오로지 맏상제에게만 맡기면서, 또 이런 이야기는 꼭 나한테만 한다. 물론 이 또한 그들 나름의 이유가 있을 것이다. 추측컨대 내가 엄마의 동거인이니까, 맏이니까, 같은 여자니까 등등.

여기까지는 내가 이해하려고 '나름' 노력한 증거들이다. 사실 그들은 별 생각 없이 말했을 가능성이 높다. 아닌 게 아니라, 무슨 말이든 해야겠는데 마땅히 떠오르지 않을 때는 대체로 가만히 있는 편이 낫다. '아무 말 대잔치'보다 침묵이 낫다. 그래도 무언가 해주고 싶다면 그저 등이나 한번 두드려주면 좋겠다.

"네 엄마가 어려서부터 고생을 많이 했으니 엄마한테 잘 해야 한다. 너희들 먹이고 입히고 가르치느라 또 얼마나 고생이 많으냐."

외할머니는 나에게 기억이라는 세계가 작동한 시점부터 당신 돌아가실 때까지 같은 레퍼토리를 반복하셨다. 일본에는 '부모 정강이를 갉아 먹는다'는 말이 있다. 우리 식으로 바꾼다면 '부모 등골을 빼먹는다' 정도일 것이다. 이쪽이든 저쪽이든 기본적으로 자식은 태생이 죄인인 셈이다. 부모의

시고 매운 삶은 자식들 탓인 것이다. 하지만 부모도, 세상에 나온 것도 내가 선택한 게 아니다. 부모가 자식을 낳기로 결정한 것이다. 그렇다면 자식으로 인한 고통은 부모인 사람들의 기본 사양인 셈이다. 적어도 내 논리로는 그렇다. 그런데 외할머니 말씀은 아무리 파고 또 파봐도 내가 엄마의 고생을 만든다는 것 같다. 엄마가 감당할 과제가 아니라 내 과제가 된다. 심지어 외할머니는 당신의 과제마저 내게 떠맡기셨다. 어린 시절 신산했던 엄마 팔자에 부채감이 있다면 당신께서 해결하셔야 할 것을, 내겐 동의도 구하지 않고 떠넘기셨다. 내가 엄마께 효도를 하지 않으면 외할머니께도 불효가 된다. 내게만 짐덩이가 두 개가 쌓여버린다.

'네가 엄마 잘 모셔야 한다'는 충고도 외할머니의 말씀과 똑같다. 남편 잃은 친지를 위로해야겠다면 그 과제를 남한테 떠넘기지 말고 직접 하면 좋겠다. 가뜩이나 어깨 무거운 사람한테 불효라는 죄의식 지우지 말고. 솔직하기로 마음먹고 글을 쓰면서도 움찔한다. 내가 너무 야박한가? 그만큼 가책이 뿌리 깊다는 증거다. '엄마 잘 모시라'는 충고를 들을 때마다 오히려 엄마가 말을 막으며 "애도 힘든데 그런 말 하지 말라"고 하신다.

"예, 그래야죠. 엄마 위해서 기도 많이 해주세요."

나도 그들에게 반박하지 않는다. 그들이 짜놓은 틀에 기꺼이 들어가 준다. 그것이 세상이 기대하는 자식의 '도리'다.

나는 울 수가 없다. 내 욕구를 챙길 수 없다. 나를 돌보는 건 나중 일, 보기에 따라선 죄가 된다. 나보다 엄마를 먼저 돌보지 않으면 안 된다. 나도 아빠 잃은 딸이건만.

겪어봐서 아는데

"우리 아버지 돌아가셨을 땐, 어휴, 말도 마."

"나도 겪어봐서 아는데 말이야…."

다들 내 마음을 참 잘도 안다. 알고도 남아 넘칠 지경이다. 그래서 내 말을 듣기보다 자기네 경험담을 꺼내놓기 바쁘다. '네가 힘든 것은 아무것도 아니야. 나는 훨씬 더 힘들었어.' 듣다 보면 그들은 형용 못 할 고통을 겪었는데 나는 별것도 아닌 일로 징징거리는 사람 같다. 힘든 경험도 경쟁을 한다. '내가 더 힘들어' 화법은 돈 빌려달라는 청을 거절할 때나 유용하다. 신화 속 나르키소스가 제 미모에 도취되었다면, '내가 더 힘들다'는 이들은 제 불행에 매몰된 사람들이다. 어느

쪽이든 자기애에 빠진 건 같다. '아니, 나는 공감하려 노력했을 뿐인데 억울하다!'

공감하는 방법은 수학 공식처럼 똑 떨어지지 않는다. 옛말에 '혈구지도絜矩之道'라는 말이 있다. '자기 처지를 미루어 남의 처지를 헤아린다'는 뜻이다. 『대학』에 나오는 말이다. 상대의 마음에 들어갈 수 없기 때문에 내 관점에서 판단할 수밖에 없다. 측은지심 같은 보편적인 공감이 아니고는 제각각 자기 방식으로 공감한다. 이 모든 것이 '자기 마음'이고 '임의적인 판단'이라는 것을 잊지 않았으면 좋겠다. 그 사실을 잊으면 세상이 자기중심으로 흐를 수밖에 없기 때문이다. 진정으로 공감하고 싶다면 대화의 초점을 나에게 맞추기 전에 상대의 마음을 먼저 물어보자. 내가 무엇을 도울 수 있을지 물어주자. 상대는 바로 답하지 못할 수도 있다. 그렇다면 그냥 들어주자. 나의 선의가 누군가에게 독이 되는 것을 원치 않는다면.

죄인은 웃으면 안 돼

자기 검열에서 자유롭기

"얘, ○○ 말이다. 아까 분향실에 서 있는데 그 양반이 들어오자마자 나를 쓱 훑어보고는 대뜸 '말짱하네?' 그러는 거 있지."

"어머어머, 그런 몰상식한 말이 어디 있대?"

"그럼 내가 다 죽어가는 얼굴을 하고 있어야 하냐?"

"엄마 피부가 워낙 좋은 걸 어쩌겠어요? 들을 가치도 없는 말에 마음 쓰지 마세요."

친척 어른의 기습적인 얼굴 품평에 엄마는 분개하셨다. 물론 당사자 말고 내게.

가족 모두 조문객 대접이 소홀하지 않게 열심히 애썼다.

큰일 치르면서 하고 싶은 말을 다 할 수는 없다. 그런데 이런 말을 들으면 머릿속에 물음표가 가득 들어찬다. 과연 어떤 모양새가 유가족다운 것일까? 어떻게 안 말짱해야 남들의 일방적인 기대에 부응하는 걸까?

"어머, 입술 색이 너무 빨갛다. 사람들이 뭐라 하겠어."

"하나도 안 빨개요. 바른 티도 안 나는구먼. 빨가면 또 어때? 진즉 장례 끝내고 사십구재까지 지냈는데."

아빠가 돌아가신 지 석 달쯤 지나던 어느 날, 입술을 박박 문질러 립스틱을 지우는 엄마에게 버럭 화를 냈다. 언제까지 눈치를 봐야 해? 식구가 죽었다고 우리도 죽은 듯이 살아야 해? 우리가 죄인이야?

엄마는 그해가 저물 때까지 반년을 상중인 사람처럼 지내셨다. 동네는 물론이고 낯선 사람이 가득한 길거리를 다니면서도 신경을 쓰셨다. 어느 누구도 우리에게 관심을 갖는 사람이 없건만.

고운 복숭아색 반팔 블라우스 차림으로 밖에서 나를 만난 엄마는 헤어질 때쯤 무채색 겉옷을 덧입으셨다.

나도 다르지 않았다.

'아차, 너무 크게 웃었네.'

움찔하며 주변을 살핀다. 불편한 기색으로 나를 쳐다보는 이는 하나도 없다. 그런데도 괜히 머쓱하다. 이렇게 움츠러들다니, 제 풀에 뒷맛이 씁쓸하다. 미모사는 누가 건드리기나 해야 오므라드는데.

나는 평소 빨강 · 노랑 · 초록 · 하늘색같이 밝은색 옷을 즐겨 입는다. 멋쟁이가 되고픈 욕심도 있지만, 그런 옷을 입는 내게서 건강한 에너지가 느껴진다는 사람들의 반응이 좋다. 누구나 일도 잘하고 자기표현도 잘하는 사람을 좋아한다. '빛 좋은 개살구'가 아니라 '보기도 좋고 맛도 좋은 떡'이 되기를 원한다. 하지만 아빠를 보내드리고 몇 달이 지나도록 무채색 아닌 옷에는 손이 가지 않았다. 입고 싶은데 억지로 참는 것이 아니라 자연히 그렇게 됐다. 나도 모르는 사이에 사람들의 시선을 의식하는 것일까?

자기 검열과 성찰

누가 지적하기도 전에 지레 남들 입장에서 자기 검열을 하는, 립스틱 색 하나 자유롭게 골라들지 못하는 엄마가 답답했다. 그런데 그런 엄마께 쏟아낸 화는 사실 나를 향한 것이었다. 세간의 시선과 압력에 납작해지고 마는 나의 무기력을 엄마께 투사했던 것이 아닐까? 정작 욕구를 0점까지 눌러놓은 것은 나 자신이었던 것 같다.

우리 사는 게 그렇다. 말로 분명하게 드러내는 정보의 양이 적기 때문에 행간에 숨은 의미까지 파악해야만 상대의 의중을 온전히 가늠할 수 있다. 말하고 듣고 눈치껏 판단해야 한다. 그리하다 보니 남들 머릿속을 읽어내려는 태도가 몸에 밴다. 물론 약자일 때 더 그렇다. 대체로 눈치는 약자의 몫이고, 체면은 강자의 언어다. 어느 쪽이건 남을 강하게 의식한다는 점에서 자유롭지 않다.

『시경』을 공부하다가 '혼자 머무는 방 귀퉁이에도 부끄러움이 없어야 한다相在爾室尚不媿于屋漏尚'는 글을 만났는데 그 의미가 무시무시했다. 신독愼獨, 즉 '홀로 있을 때도 자신을 살피고 가다듬는다'는 수양을 촉구하는 구절이다. 동양 철학의 핵심은 수양에 있다. 안팎으로 자신을 살피는 것이 삶의 시작이자 끝이다. 성찰이야말로 인간다워지는 중요한 길이다. 그러나 보는 이가 없을 때마저도 내 매무새와 마음가짐을 바르게 하라는 메시지가 긴장을 풀지 못하게 한다는 생각에 갑갑해왔다. 나만의 공간에 혼자 있을 때조차 마음 편히 쉴 수 없다니.

성찰과 자기 검열은 닮은 듯 보이면서도 엄연히 다르다. '눈치껏'의 작동 여부가 그 둘을 판가름한다. 우리는 주체적으로 자신을 바라보고 해석하는 일은 도외시하고 남들 생각에 꺼둘리는 경우가 많다. '우리'라고 할 것도 없다. 내 이야기다. 누가 볼까 싶어 울고 웃는 욕구마저 조절했던 나. 유가족이라는 딱지를 갓 붙였던 그때의 나는 모든 행동에 '눈치껏'이 극에 달해 있었다.

울게 하소서

나를 돌보기

"지금은 괜찮은 것 같아도 시간이 좀 지나면 여러 가지 감정이 훅 몰려온단다. 어느 날 갑자기, 딱히 별일도 없는데 눈물이 또르르 흐를 거야."

장례식장에서 만난 몇몇 사람이 나의 앞일을 예언했다. 나보다 먼저 가족의 죽음을 경험한 선배들의 간증이다. 처음에 '그런가?' 했던 생각은 곧바로 '그렇구나!'로 바뀌었다. 기억나는 것이 있었기 때문이다. 아빠의 일이 내가 처음 겪은 죽음일 리는 없다. 친가고 외가고 할아버지 할머니는 모두 세상을 떠나셨고, 우연찮게도 양가에 삼촌이 한 분씩 돌아가셨다. 특히 친할아버지는 우리 집에서 마지막 몇 달을 함께 지내다 가셨기에 핏줄로 엮인 누군가가 어느 날 갑자기 없어지는 일은 이미 경험한 터였다. 그러나 그 어른들과 나는 살아생전에 서로의 삶에 관여한다고 보기가 어려웠다.

바로 곁에서 살아 숨 쉬던 존재가 사라졌다는 슬픔이 나의 내면 깊숙한 곳까지 영향을 미친 것은 스물다섯 살 때였다. 친할아버지가 떠나시고 3년쯤 뒤, 한 존재의 죽음으로 상실을 상념이 아닌 실존으로 체험한 첫 번째 기억.

보통 '첫'이라는 말이 붙는 대상은 애착이 크거나 각별히 의미를 부여하는 것이기 마련이다. 첫 만남, 첫사랑, 첫인상, 첫 직장, 첫 출근, 첫 입주, 첫 내 집 마련 등등.

나의 첫 강아지, 녀석의 이름은 '아토'였다. 우리 집 막둥이로 5년여 살다가 원인 불명의 급성 질환으로 세상을 뜬 아토는 내가 처음 몸과 마음으로 상실을 체감한 대상이었다. 녀석이 떠난 후 한동안은 자려고 누웠다가 베갯잇이 다 젖도록 울고, 밥을 먹다가 울고, 길을 걷다가 울었다. 이때도 엉엉 소리를 내 울기보다는 눈물만 줄줄 흘렸다. 맥락도 없이 불시에, 한번 터지면 주체할 수 없을 만큼 눈물이 흘러내렸다. 갑작스레 떠나버린 황망한 이별인 데다, 무엇보다 녀석은 나의 첫 강아지였다. 개라면 관심도, 아는 것도 전혀 없던 내게, 오히려 개를 무서워하던 내 삶에 무단으로 들어온 첫 강아지. 나의 준비 부족, 그로 인한 무지와 무심이 아토를 행복하게 해주지 못하고 급기야 이른 죽음을 맞게 했다는 생각에 자책이 앞섰다. 나는 아토가 의지하는 절대적인 존재였을 텐데.

장례식장에서 선배들의 예언을 들으며, 기억 저만치에 걸려 있던 아토의 죽음, 그리고 그때의 내 모습을 떠올렸다. 세상 떠난 가족을 떠올리면서 어떻게 겨우 개의 죽음을 갖다 대느냐며 불쾌할 이도 있겠지만, 아토의 죽음은 그만큼 충격적이었다. 신해철에게 병아리 얄리가 처음으로 죽음을 가르쳐주었듯이.

아빠의 임종은 아토 다음으로 내가 겪은 가까운 존재의 죽음이었다. 차이가 있다면 아토가 내 개이긴 했어도 그 죽음 이후를 걱정할 필요는 없었다는 점이다. 장례식이며 남은 가족의 안위 같은 건 고려할 필요가 없었다. 그리고 그때는 누구에게도 아무것도 요구받은 바가 없었다. 정신 똑바로 차릴 필요 없이 그냥 마음껏 울어도 괜찮았다.

> 고통을 과장할 능력이 없다면 우리는 고통을 견디지 못한다. 우리는 고통에 필요 이상의 비중을 두고, 자신을 버림받은 인간으로 생각하면서, 주어진 불운을 향유하

며 용기를 얻는다. 우리 각자 안에 고통의 허풍꾼이 존재하는 것은 우리의 이익을 위한 것이다.

— 에밀 시오랑

맞는 말이다. 고통의 허풍꾼은 존재하며, 때로는 그 존재가 절실하다. 돌아보건대 나는 고통의 허풍꾼을 활용하는 법을 미처 몰랐던 것 같다. 선배들의 예언과 달리 장례를 마치고 나는 별 탈 없이 일상에 복귀했기 때문이다. 적어도 겉보기에는 말이다. 아빠의 부고를 뒤늦게 접한 누군가가 조심스레 애도를 표하면, 나는 때때로 상대가 놀랄 만큼 덤덤하게 응수했다. 말짱하게 강의를 하고 미팅도 하고, 사람들과 웃으면서 농담을 주고받았으며, 밥도 잘 먹었다. 누가 보아도 나는 괜찮은 것 같았다. 적어도 낮에는 그랬다.

그러나 혼자 있으면, 특히 밤이 되면 달라졌다. 깊은 물속 같은 고요로 침잠했다. 숨 막히는 고독 속에 스스로를 감금시켰다. 마치 나를 벌주려는 듯 잠을 재우지 않고 끊임없이 뭔가를 시켰다. 이는 고통을 다른 고통으로 마비시키는 것과 비슷하다. 마치 주사를 놓기 직전에 그 부위를 때려서 바늘이 들어가는 따끔함을 느끼지 못하게 하는 것처럼. 잠을 안 자는 동안 딱히 의미 있거나 중요한 일을 하는 것이 아니다.

기껏해야 스마트폰 속 SNS에 파고들었다. SNS의 본래 기능대로 누군가와 소통하는 게 아니라, 나의 흔적을 남기지 않으면서 유령처럼 무의미한 정보들 사이를 헤집고 다녔다. 깜깜한 시간을 이렇게 무기물처럼 지냈다. 아마도 감정이 동요하는 것을 차단하려는 무의식이었던 것 같다. 나의 마음을 가만히 들여다보거나 아빠를 회고하는 일도 그때는 일어나지 않았다. 나는 슬프다기보다 고통스러웠던 것 같다. 아빠를 미워한 무게만큼 자책이 드니까. 그렇다고 용서를 바라는 것도 아니었다. 그저 고통을 부분 마취시키려 했던 것 같다.

분석심리학자 융이 말한 개념 가운데 '대극의 반전Enantiodromia'이라는 것이 있다. 우리의 정신은 사랑과 미움, 기쁨과 슬픔과 같은 대극對極으로 이루어지는데, 어느 한 극만 극대화하고 다른 극을 억제하면 그것은 없어지거나 약해지는 게 아니라 오히려 더 크게 힘을 모은다. 지속적으로 억압되던 극은 어느 날, 갑자기 반전을 일으켜 의식을 사로잡아버릴 뿐만 아니라 그 사람을 전혀 의도하지 않은 방향으로 이끌기도 한다. 다이어트 중에 식욕을 억누르다가 돌연 폭식하는 것처럼 말이다.

나의 무의식에도 반전이 일어났다. 애도를 회피하고 억압하다 보니 때때로 엉뚱한 방식으로 발현되었다. 몇 날 며칠이고 깊은 밤에도 잠을 안 자며 핸드폰만 들여다보다가, 무섭도록 조용한 새벽 거리로 뛰쳐나가 '으아악' 하고 소리를 지르고 싶은 충동이 솟구치는 날도 있었다. 대체로는 불면과 과수면을 오갔다. 어떤 날은 피곤한데도 밤잠을 통 못 자고, 또 어떤 날은 낮이 다 지나도록 일어나지 않았다. 정신의 피로를 몸으로 해소하지 못해 일어난 이 수면장애는 꽤 오래갔다. 돌이켜보면 아마 우울증 증상이었던 것 같다.

나는 본래 잘 참는 아이였다. 사춘기도 비교적 조용히 보냈다. 그러고는 20대에 요란한 반항의 열병을 앓았다. 착한 아이 콤플렉스가 있던 맏이의 때늦은 사춘기는 거셌다.

아빠의 죽음이라는 큰 사건의 한복판을 건너갈 때도 그때와 비슷한 양상을 보였다. 장례를 치르는 내내 나는 비즈니스 모드였고, 그 이후에는 슬픔에 빠지지 않도록 스스로를 억압했다. 그렇게 하지 않으면 와르르 무너질 것 같았다. 내가 아빠의 빈자리를 완전히 대신할 수는 없지만, 그래도 예전의 나보다는 꿋꿋해져야 했다. 약한 모습을 보여주고 싶지 않기도 했고, 누군가에게 도움을 요청하는 일에는 익숙하지 않았다. 나를 걱정하는 이들에게 자동 반사처럼 "괜찮아"라고 말하고 다녔다. 그것은 나 자신에게 거는 주문과도 같았다. 정말 괜찮아지고 싶으니까. '비 온 뒤에 땅이 굳는다'고 하지만 '깨진 그릇은 다시 붙일 수 없다'고도 한다. 상처받은 마음은 두고두고 그 고통을 기억하는 법이다. '시간이 약'이라는 말은 돌아봄 없이는 성립되지 않는다. 하지만 그때의 나는 뒤를 돌아보면 『성경』 속 롯의 아내처럼 소금 기둥이라도 되는 줄 알았다. 이렇게 나는 애도의 시간을 기형적으로 보냈다. 아빠가 돌아가신 그해 내내.

엄마의 답답증

아빠의 마지막 입원 즈음부터 엄마에겐 답답증이 생겼더랬다. 안방 문을 다 닫으면 갑갑하다며 조금씩 열고 주무셨다. 아빠를 보내드린 후의 어느 밤, 여느 때처럼 잠이 안 와 깜깜한 거실에서 노닥노닥 '고독놀이'를 하는데 안방에서 엄마의 목소리가 들린다. 뭔가 다급한 느낌이다. 놀라서 안방으로 뛰어 들어간다. 나쁜 꿈을 꾸시나 보다. 엄마를 흔들어 깨운다.

여름밤에는 거실 에어컨을 틀고 온 방문을 활짝 열고 잔다. 당연히 집 안에서 나는 소리가 다 들린다. 내 방에서 자다가도 안방에서 무슨 소리가 나면 득달같이 달려간다. 엄마의 잠꼬대다. 가만히 엄마를 다독인다. 나는 그렇게 노심초사하며 온 안테나를 엄마한테 집중했다. 이제 엄마 옆에는 나뿐이니까 내 욕구쯤은 미뤄야 한다고 생각했다. 스스로를 돌보는 데는 의식적으로 눈을 감았다. '중이 제 머리 못 깎는다'더니, 허구한 날 소통을 연구하고 심지어 강의까지 하는 사람이 이렇게 자기 자신과 불통하며 시간이 흐르기만 기다리다니. 부조리가 별건가.

그해 크리스마스 즈음 어느 날, 거실 등을 끄고 방으로 들어가려는 찰나. 안방 앞에 가지런히 놓여 있는 엄마의 하얀 슬리퍼 한 켤레, 그리고 그 곁에서 빛을 뿜는 성탄절 장식이 눈에 들어왔다. 아, 이 평온함, 실로 오랜만에 맛보는구나. 감사 기도가 절로 나왔다. 내 안에 일던 전쟁이 잦아드는 것을 느끼며 모처럼 안도했다.

때론 가슴 졸이며, 또 때론 분노하며 반년을 보냈다. 우리에게 일어난 일은 단순히 식구가 한 명 줄어든 것이 아니라는 걸 알게 되었다. 아빠에 대한 뒤틀린 감정, 엄마에 대한 비정상적인 애착이 시간이 흐르고 여러 일을 겪는 동안 차차 옅어졌다. 누구보다 나를 억압하던 나 자신을 떠나보내고 있었다. 내 어깨에 얹어둔 기형적인 애도의 무게도 조금씩 가벼워졌다. 그렇게 더딘 템포로 나는 일상으로 돌아가고 있었다.

들리는 사진관: 영정 사진 프로젝트

과거와 미래의 삶 점검하기

삶은 뭘까? 죽음은 또 무엇일까?

이 단순하면서도 난해한, 떼려야 뗄 수 없는 질문 한 쌍이 처음부터 명료하게 떠오른 것은 아니다. 하지만 아빠의 죽음 이전에 이미 꽤 오래전부터 이 의문은 내 안에 자리 잡았던 것 같다. 놀리고 괴롭히는 반 친구들, 그리고 이를 방관하는 담임 선생님의 노골적인 촌지 요구. 혼자서 온몸으로 모든 것을 감당하면서 나는 초등학교 때 이미 '사는 게 고행'이라는 심오한 명제를 어렴풋이나마 이해했다. 열 살배기 아이에게 학교는 절대적인 세계다. 그런 아이가 학교생활에서 받는 상처는, 자기 자신과 세상을 인식하는 데 큰 영향을 주는 게 당연하다. 저항은 감히 생각조차 못해냈다. 다행히 학교 부적응자까지 이르지는 않았지만, 나는 모든 것에 냉소를 품은 소극적인 아이로 자랐다. 아마도 그래서 인간의 한계, 삶의 어두운 면에 대한 인식이 또렷했던 것 같다.

열댓 살쯤인가 책장에서 우연히 낡은 수필집 『그리고 아무 말도 하지 않았다』를 발견했다. 작가 전혜린에 대한 인상은 지금까지도 강렬하게 남아 있다. 사춘기의 나는 그에게 묘한 동질감 같은 것을 느꼈다. 왜 그랬는지는 모르겠다. 모든 일에 명백한 까닭이 있는 건 아니니까.

전혜린은 유복한 가정환경에서 엘리트 아버지의 편애 아래 귀공녀로 성장했고, 수학을 0점 맞고도 서울대 법대에 들어간 천재인 데다, 여성으로서 드물게 1950년대에 유학을 다녀와 1960년대에 이혼을 선택한 도발적인 인간이었다. 서른한 살에 대학 교수가 된 수재, 그리고 서른두 살에 자살로 추정되는 요절을 해 영화보다 더 영화같이 살다 간 사람. 어느 한 구석도 나와 닮은 데는 없었다. 하지만 온전한 자유에 대한 갈망과 필연적인 외로움, 본질에 대한 끝없는 사유와 도전으로 점철된 전혜린의 문장은 공감을 넘어 동경을 불러일으켰다. 때로는 자신에게조차 냉소하는 구절들을 발견하며, 나는 그의 문장과 행간에서 절대 고독의 냄새를 맡았다.

우리의 의식은 우리가 생각하는 것처럼 자유롭지는 않다. 우리가 생을 형성하는 것이 아니라 생이 우리를 형성하는 경우가 대부분이다. 예기치 않았던, 때로는 소망치 않는 방향과 형식 속에 생이 형성해놓는다.

내가 지닌 여러 가지 제한이나 껍질에 응결당함이 없이 내 몸과 내 정신을 예전과 마찬가지로 무한 속에 내던지고 싶다.

이카로스처럼 태양에 닿으려 홀로 고군분투한 그의 정신세계를 그때의 나는 이해하지 못했으나, 뜨거움과 차가움이 공존하는 그의 목소리에는 호감을 느꼈다. 그렇게 나의 사춘기는 남의 고독까지 탐닉했던 것 같다.

대학에 진학한 뒤, 소설가 아쿠타가와 류노스케에게서 전혜린과는 또 다른 매력을 느꼈다. 구로사와 아키라 감독을 거장의 반열에 올려준 영화 《라쇼몽羅生門》의 원작자로 유명할뿐더러, 그의 이름을 딴 일본 최고 권위의 문학상 아쿠타가와상이 있을 만큼 많은 이가 그의 작가적 자취에 감탄할 때, 나는 괜히 그의 그림자에 끌렸다. 사람들이 빛에 주목할 때 내 눈에는 어둠이 먼저 들어왔다. 정작 일본 문학을 전공

하면서 만난 그의 작품은 그다지 매력적이지 않았다. 허영심, 열등감, 질투 그리고 이기심 등 어떤 방식으로든 제 삶을 정당화하려는 인간 이야기가 내게는 강렬하게 다가오지 않았다. 그것보다는 친모의 기질을 물려받아 언젠가 자기도 광증이 발작할지 모른다는 불안을 이고 살다가 스스로의 이성으로 죽음을 선택한 그 개인의 삶을 가까이 들여다보고 싶을 뿐이었다. 어떤 마음으로 살아냈을까? 그리고 왜 삶을 놓아버렸을까?

뒤늦게 진짜 사춘기가 휘몰아치기 시작한 스무 살 무렵의 나는 삶의 비극과 부조리에 관심이 쏠렸는데, 아쿠타가와에 대한 관심도 그 연장선 위에 있었을 것이다. 아마도 내 안의 고통이 외부로 투사된 것일까. 오래된 노랫말처럼 '가슴속에 스며드는 고독이 몸부림칠 때' 누구와도 소통하지 못한다는 단절감 속에서, 누군가에게 나의 아픔을 깊이 공감 받고 싶은 욕구의 발로였으리라. 그렇게 삶과 죽음이라는 근원적인 의문에, 때론 구경꾼으로 또 때론 질문자로 발을 들이고 있었음을 스무 살 무렵의 나는 몰랐다.

고등학교 2학년 때던가, 불어 수업 중에 노래 하나를 배웠다. 조르주 무스타키의 〈나의 고독Ma solitude〉이라는 노래는 선율도 리듬도 단조로웠고, 가사도 공감되지 않았다. '프랑스 사람들의 정서란 이런 것인가?', '음유시인이라더니, 역시 따분해' 정도를 떠올렸을 뿐 이질감만 느껴졌다.

> 고독은 나의 마지막 순간까지Elle sera a mon dernier jour
>
> 내 최후의 동반자가 될 거야Ma derniere compagne
>
> 아니, 난 절대 혼자가 아니야Non, je ne suis jamais seul
>
> 나의 고독과 함께 있으니Avec ma solitude

그야말로 귀신 씻나락 까먹는 소리다. 고독이 함께하기에 혼자가 아니라니. 고독과 혼자의 차이는 뭐람? 말장난도 이런 말장난이 어디 있대? 노래로 외국어를 가르쳐 크게 히트한 라디오 프로그램처럼 선생님도 그렇게 해보시려나 보다 생각했을 뿐이다. 이것이 당시 내 이해력의 최대치였다. 고독이 그저 두렵기만 하던 내게는.

생명이 있는 것은 약해 보일지라도 알고 보면 유연하다.

'부드러운 존재는 살아 있는 것이요, 뻣뻣한 존재는 죽은 것' 이라는 노자의 말도 있다. 유연한 것은 강한 것을 이긴다. 아니, 유연한 것은 강한 것의 한계를 포용한다. 패잔병 같은 삶을 이어가던 나는 전혜린과 아쿠타가와 류노스케의 강렬함을 동경했다. 그들은 치열한 자의식으로 삶을 이끌었지만 결국 스스로의 한계를 포용하지 못했고, 또 세계와 화해하지 못했다. 그래서 뻣뻣한 고독에서 헤어나지 못하고, 스스로 뻣뻣하게 죽음을 맞이했던 것 같다.

나는 여태 고독을 견디거나 맞서는 일로 내 삶을 채워왔다. 행여나 쇠파리처럼 고독이란 놈이 달라붙을까 봐 두 눈 부릅뜨고, 어금니 꽉 깨물고, 두 주먹 불끈 쥐고 나를 지켰다. 혼자되는 것이 두려워서, 바쁜 게 좋은 거라는 시쳇말에 편승해 늘 외부의 무엇인가에 몰두하며 살았다. 역시나 참 뻣뻣한 고독이다. 생명력 없는 고독은 사람을 살리는 게 아니라 꺼뜨리는 쪽으로 흘러간다. 제가 지닌 생명력을 긍정하지 않는 껍데기 같은 삶, 나는 그것에서 벗어나고자 늘 싸워왔다. 소심하게, 소극적으로. 고독을 응시할 수 있어야 껍데기 같은 삶에서 벗어날 수 있다는 걸 잘 몰랐다.

고독에 맞서거나 이용하지 않고 그와 더불어 살 수 있는 힘을 나는 '고독력'이라 부른다. 말하자면 유연한 고독이랄까? 고독은 단절된 개체로 버려지는 것이 아니라, 오롯이 혼자인 자신과 만나는 것이다. 자신의 민낯을 바라보는 일이다. 이것은 용기가 필요하다. 그렇기에 고독은 바닥을 치고 다시 일어서는 힘을 준다. 빳빳한 고독이 아니라 유연한 고독 말이다. 이렇게 고독력을 길러내기까지 나는 오랜 시간, 아니 지금까지 사는 내내 비바람을 맞아야 했다.

들리는 사진관: 영정 사진 프로젝트

2018년 9월, 사진작가 차경과 함께《들리는 사진관: 영정 사진 프로젝트》전시를 열었다. 골똘하게 정의 내린 고독력에 대해 사람들과 어떻게 소통할지를 진지하게 고민하는 계기였다. '영정 사진 프로젝트'는 본래 차경 혼자 가까운 사람들을 대상으로 4년째 해온 일이었다. 나도 그 '가까운 지인' 자격으로 2017년이 저물던 어느 날 프로젝트에 참여했다. 과정은 간단하다. 눈을 감고 10분 정도 내레이션을 들으며 제3자의 죽음을 간접 체험한다. 동시에 돈·가족·명예 등에 대한 집착같이 내 삶을 제약하는 욕망이 무엇인지, 어떤 얼굴로 세상을 마감하고 싶은지 등을 차분하게 생각한 뒤 영정 사진을 찍음으로써 어떻게 살아갈지를 생각한다. 그 사진을 내가 진짜 영정으로 쓸지는 중요하지 않다. 이 프로젝트가 전하려는 메시지는 '나의 마지막 얼굴, 곧 현재의 얼굴을 확인하는 것'이다. 그래서 여기에서 말하는 영정 사진은 내가 보기에 '죽음 사진'이 아니라 '인생 사진'이다.

'인생 샷', '인생 사진'이라는 말이 유행이다. SNS 속 인생 사진은 '있어빌리티(있어 보이게끔 하는 능력)', 남들 눈에 부러울 만한 장면을 말하지 않나 싶다. 그럼에도 거기에는 찍는 사람의 인생도 찍히는 사람의 인생도 들어 있지 않으니, 나는 그런 인생 사진의 정의에 동의할 수 없다.

아빠의 영정을 준비하면서도 생각했다. 세상을 떠난 당사자가 살아낸 인생과 영 따로 노는 사진이 영정으로 제단에 오르는 당황스러운 일은 없어야 한다는 것. 나다운 무늬는 탈락하고, 남 보기 좋거나 뻣뻣한 죽음의 이미지만 도드라지는 사진이라니. 나는 어떤 사람인지, 그리고 어떤 사람으로 기억되고 싶은지, 차경과 처음으로 영정 사진을 찍고서야 나는 이런 생각을 하기 시작했다.

내가 영정 사진을 찍었다고 하자 사람들은 무슨 일 있느냐며 걱정하거나 괴이하게 여겼다. 엄마는 "늙은 에미 앞에서 못 하는 소리가 없다"고도 하셨다. '영정'은 곧 '죽음'이라는 공식으로 금기시된다는 걸 그렇게 확인했다. "한 살이라도 젊을 때 고운 모습을 남겨야지"라고 해주는 이도 있었다. 하지만 내가 비록 상주의 본분을 잊고 눈썹 그리기를 시도한 외모 지상주의자이긴 해도, 영혼이 육신을 떠난 뒤에까지 남들 눈에 예쁘게 보이기를 기대하지는 않는다.

그렇게 찍은 영정 사진 후보들을 나는 사무실 창가에 늘어놓았다. 그럴 듯한 액자에 넣어서 고이 모셔놓은 것이 아니라, 인화지 그대로 유리창에 툭툭 기대놓았다. 하루에 몇 번쯤 그 사진들을 볼까? 우선 출근 때와 퇴근 때 동료에게 인사하듯 사진을 본다. 창밖을 보다가 무심코 눈에 들어오기도 한다. 일이든 마음이든 안 풀릴 때는 일부러 들여다보기도 하는데, 그럴 때면 얼른 거울을 꺼내 당장의 내 얼굴을 살핀다.

'나 오늘 좀 힘들구나.'

'왜, 뭐가 힘들까?'

사진을 보는 시간이 나와 소통하는 시간인 셈이다. 지금 내가 어떤 얼굴로 살고 있는가를 묵상하고, 때로는 자기 부정이 깊어지지 않도록 마음의 근력을 끌어올린다. 나르시시즘 혹은 자기 연민이라기보다는 마음을 챙기는 작은 습관에 가깝다.

그래서 이제는 해마다 연말이면 나의 1년이 고스란히 담긴 얼굴을 포착하기 위해, 그러니까 한 해를 돌아보기 위해 영정 사진을 찍는다. 나만의 해넘이이자 해맞이 의식인 셈이다. 보통은 사진 그 자체가 목적이지만, 여기서는 찍는 과정과 찍은 후에 이어지는 회고와 묵상이 중요하다. 올해를 마무리할 때 나는 어떤 얼굴일까? 작년보다 여유로우면 좋겠다. 어떠어떠해야 한다는 틀에서 벗어나 자유로운 느낌이 사진에 묻어나면 좋겠다. 그러려면 자유롭고 유연하게 살아야 할 텐데, 오늘 나는 과연 그렇게 살고 있을까?

혁신의 아이콘 스티브 잡스는 비즈니스뿐 아니라 스스로도 끊임없이 혁신했다. '오늘이 내 생의 마지막 날이라면, 오늘 하려던 일을 여전히 하고 싶은가?' 아침마다 그가 거울 앞에서 스스로 질문을 던지고 또 스스로 답한 일화는 유명하다. 그때의 전제는 내일 죽을지도 모른다는 가정이다. 막연한 언젠가가 아니라 당장 내일 나는 죽는다. 오늘이 내 마지막 날이라면, 나는 이 모습 이대로여도 괜찮을까? 변화가 필요하지는 않을까? 어떻게 해야 후회를 줄일 수 있을까? 변화를 바라는 건 자기 부정이 아니다. 더 나은 나로 가는 과정이다.

최진석 교수는 아침에 깨면 자리에 앉아 "나는 금방 죽는다"고 서너 번 되뇌는 조용한 의식을 치른다고 한다. 우리가 평균 수명을 기준 삼아 죽을 시점을 가늠하긴 해도, 결국 나의 죽음은 개별 사건일 뿐이다. 장수할 수도 있고, 내일 아니 당장 몇 초 후에 저세상으로 갈 수도 있다. 다른 사람의 죽음에 빗댈 수도 없고 누군가의 죽음을 대신할 수도 없다.

내가 영정 사진을 찍고 나를 돌아보는 것도 저들의 묵상과 크게 다르지 않을 것 같다. 살아 있으되 동시에 죽어가는 과정에 있는 나를 응시하고, 그 속에서 필연적으로 고독을 맞이한다. 고독력을 강화하는 것이다.

나는 이렇게 사진을 찍음으로써 고독력을 일상에 녹이려 했다. 그런데 가만 보니 나 혼자 알기엔 좀 아까웠다. 마침 대중 강연을 하는 입장이다 보니 이 의미와 효과를 많은 이와 공유하고 싶은 욕심이 생겼다. 차경에게 제안해 전시로 이어진 것도 그래서였다. 전시를 볼 줄만 알던 내가 조언자 내지 조력자를 넘어서 자연스럽게 기획자로 참여하게 된 것이다. 차경은 방송 경험이 있는 내게 내레이션을 맡겼다. 사진만이 아니라 목소리도 전시할 수 있다는 걸 그때 알았다. 전시 제목이 《들리는 사진관: 영정 사진 프로젝트》가 된

연유다. 전시장에는 죽어가거나 죽은 사람의 얼굴이 아니라, 관람자가 자신에게 몰입할 수 있는 풍경 사진을 걸었다. 영정 사진은 이 전시의 오브제가 아니라 결과물이다. 관람객은 각자 휴대전화로 유튜브 내레이션을 들으면서 차경의 풍경 사진을 돌아본 후, 전시장 한편에서 차경에게 영정 사진을 찍었다. 여기에 우리는 참여자들이 곰곰이 집중해 삶을 돌아볼 수 있도록 작은 기회를 보탰다. 희망자에 한해 나와 일대일로 마주 앉아 짧게나마 삶의 중요한 마디를 짚어보고, 마지막 순서로 자신에게 편지를 쓰는 것이다. 이렇게 전시장에서 40분 정도를 보내는데, 중요한 건 한 가지, 자기 연민에 빠지지 않는 것이다. 죽어가는 나 혹은 세상에 남을 가족을 애처로워하기기보다, 지금의 나를 찬찬히 응시해 더 나은 나를 그려보는 것. 이것이 전시의 목표였다.

2018년 4월 아빠는 입원하셨고, 6월에 갑자기 돌아가셨다. 그해 초봄부터 전시를 준비했는데, 그때까지만 해도 내게 《들리는 사진관: 영정 사진 프로젝트》는 그저 교육적인 전시 프로그램 정도였다. 그저 기획자로 일을 하는 것뿐이었다. 그런데 아빠가 돌아가시기까지의 과정과 장례, 그리고 일그러진 애도를 겪는 동안 이 프로젝트는 단박에 내 삶 속으로 들어와버렸다. 일떨결에 나는 존재와 고독과 죽음의 한복판에 놓여 있었다.

사실 죽음을 일상으로 받아들이는 일은 지금도 쉽지 않다. 나는 여전히 삶이 무어냐 죽음이 무어냐 떠들어대는 '주둥이 노동자'일 뿐이다. 그래도 60점짜리 나와 마주하는 용기, 그러니까 '유연한 고독'을 내 깊은 속으로 끌어오려고 부단히 애쓰고 있다. 내게 《들리는 사진관: 영정 사진 프로젝트》는 언제나 현재진행형이다.

이사의 조건: 아빠가 안 보이는 곳으로

다시 일에 몰두하기

2014년 여름, 우리 가족은 강을 건너 이사를 했다. 그즈음 아빠가 응급실로 실려 가는 주기가 점점 짧아졌고, 엄마는 연락이 닿지 않은 채 아빠의 귀가가 늦어지는 날이면 전전긍긍하셨다. 아빠는 스무 살 무렵 심장판막 이식 수술을 받으신 이래 40년 넘게 정기 검진을 받으셨는데, 세월을 더하는 동안 온갖 병증이 늘어났고, 그와 정비례해 크고 작은 시술과 복약 처방도 늘어갔다. 그렇게나마 유지되던 아빠의 몸이 급기야 더는 안 된다고 극렬 농성을 벌이는 중이었다. 아빠는 급작스럽게 일을 내려놓고 환자 모드로 들어갔다. 결국 우리는 아빠의 주치의가 계신 병원 가까이로 이사를 가기로 했다. 다른 선택지는 없었다. 그만큼 위기감이 높았다.

내 입장에서는 머리로는 이사 결정을 이해하면서도, 유년 시절부터 살아온 강 남쪽을 벗어나는 게 두려웠다. 아무 연고도 없는 낯선 동네에서 어떻게 살지? 실제로 이사 후 한동안 문화 충격을 겪었다. 청과물 가게 물건의 품질, 점원의 태도, 거리 구획, 편의 시설의 질과 양 등 많은 것이 달랐다. 차이는 때로는 불편함으로, 또 때로는 분노로 다가왔다. 같은 서울이건만 마치 나는 다른 지방에 있는 듯했다.

초등학교부터 고등학교까지 전부 한 행정 구역에서 다닌 나는 대학에 들어가서야 다른 지역 사람들을 접했다. 부산에서 유학 온 동아리 선배, 미아동에 사는 동기 등은 물정 모르는 나를 '강남 공주'라 불렀다. 서른 넘어 만난 나주 출신 선배는 겉만 번드르르할 뿐 까고 또 까도 나오는 게 없다며 나를 '서울 다마네기'라 불렀다.

우리 집은 주소지만 강남구일 뿐 그저 서민층이었다. '강남 공화국'에서 학창 시절을 보내는 동안 나는 주류가 될 수 없음을, 이등 시민으로 부유하는 존재임을 몸으로 배웠다. 하지만 그 안에 살면서 나도 모르는 사이 모든 생각의 기준을 강남 공화국으로 설정한 것 같다. 내가 품은 거부감이라 봐야 소극적인 저항에 머물 뿐, 어느새 강남 주류와 나를 동일시한 모양이다. 10년 넘게 전국 팔도를 다니며 강연을 하고 지역 사람들을 만났지만 그것은 기껏해야 신기루처럼 잠깐 생겼다 사라지는 접점일 뿐이었다. 생활을 한다는 건 차원이 다른 일이었다. 아빠의 병원을 따라 이사를 한 뒤, 강남에서 이방인으로 살던 나는 강북에서도 이방인으로 지냈다. 우습게도 겨우 강 하나를 건너놓고 디아스포라 같은 심정이 되었다.

"사람 마음이란 게 참 간사해. 전에는 집에서도 아빠 계신 병원이 보여서 안심이 되더니만, 이제는 병원이 보이니 너무 고통스럽네."

아빠가 돌아가시자마자 엄마는 이사 얘기를 꺼내셨다. 우리 집 마루에서는 보려 하지 않아도 병원이 눈에 들어왔다. 그것이 우리가 그 집으로 이사를 간 이유였다. 그러나 그 목적을 잃은 이제는 다른 곳으로 가자 하신다. 4년이 흘러 이제야 동네가 익숙해질 만하니, 아니 불편함도 참고 지낼 만해지니 또 가자 하신다.

애도 안내서 격인 『우리는 저마다의 속도로 슬픔을 통과한다』에서는 가족의 죽음이 준 충격이 가시지 않은 상태에서는 물건을 버리거나 집을 파는 것처럼 생활에 영향을 크게 미치는 일은 하지 않는 게 좋다고 말한다. '인간이 견딜 수 있는 가장 극한의 재난 상황'에 처해 신체적으로나 정신적으로 탈진되어 스스로를 잘 다룰 수 없는 때이므로 나중에 후회할 수 있다는 것이다. 이 시기에는 변화보다 자신과 가족에게 집중하는 것이 가장 중요하다는 충고다. 그러나 엄마가 집 때문에 고통스러우시다는데 가만히 있을 수는 없었다. 엄마한테 이사는 시간문제일 뿐 기정사실이었다.

삼우제를 지내고 나흘 뒤, 우리는 조문 답례 인사와 동시에 집을 알아보기 시작했다. 우리 아니 엄마와 동생이 생각한 후보지의 조건은 이랬다.

① 지금 사는 동네에서 멀지 않을 것
② 아빠 계시던 병원이 집에서 보이지 않을 것
③ 의료 시설이 가까울 것
④ 부동산 투자 가치가 있을 것
⑤ 치안이 좋을 것
⑥ 공기가 맑을 것
⑦ 지하철역에서 걸어서 10분 안팎일 것
⑧ 가급적 지하철 5·6호선과 닿을 것

나한테 4번은 우선순위가 아니었지만 적어도 엄마와 동

생에게는 1순위 항목인 것 같았다. 부동산 호재가 있는 곳, 그러니까 지하철역이 생기거나 연장되는 지역, 재개발이 예정 또는 전망되는 곳이 상위로 꼽혔다. 40여 년 동안 공고하던 아빠라는 방패막이가 일순 사라지자 경제적인 면에서 엄마는 부쩍 불안해하셨다. 동생은 돌연 '부모 봉양하는 효자 아들' 역에 몰입해, 무엇보다 엄마의 경제적 안정성에 관여하기 시작했다. 부동산 호재와 시세 차익을 고려한다는 것은 곧 그 뒤로도 다시 이사를 한다는 의미다. 나는 엄마 연세도 있고 하니 힘든 이사를 더는 하지 않도록 쾌적한 동네에 자리를 잡자고 주장했다. 하지만 효과가 없었다. 식구들 눈에 나는 원체 현실성이 떨어지는 사람이니까.

1번은 엄마를 고려한 조건이다. 엄마는 병원 인근으로 이사한 뒤 4년 동안 동네에서 영화 토론 모임, 오카리나 연주단 활동을 하셨다. 노년에 행복하려면 주기적으로 만나는 친구가 적어도 여섯 명은 있어야 한다고 한다. 세계 100대 지성이라는 마사 누스바움도 『지혜롭게 나이 든다는 것』에서 그런 이야기를 했다. 나이가 들수록 필연적으로 친구가 필요하고, 우정이 유머와 이해와 사랑의 원천이라는 것이다. 문제는 늙을수록 새로이 친구를 사귀기가 어려워진다는 점이다. 우리가 지금 사는 동네에서 가까운 곳이 좋다고 판단한 이유다.

2번은 이사의 직접적인 동기다. 3번은 굳이 설명할 것도 없다. 아빠의 건강이 눈에 띄게 악화되기 시작했을 때 부모님은 귀촌을 알아보셨다. 많은 이가 척박한 도시를 떠나 공기 좋고 물 맑은 시골에서 소박하게 텃밭을 가꾸며 이웃과 정겹게 먹을거리를 나누는 전원생활을 동경하지 않던가? 나는 아니지만. 《나는 자연인이다》 같은 방송만 봐도 시골 생활은 온갖 질병을 치유해줄 것만 같은 환상을 불러일으킨다. 하지만 시골 생활이라는 게 만만한 일이 아니라는 건 조금만 생각해봐도 안다. 도시에서 나고 자라고 뿌리내리고 일하는 나에 대한 고려는 둘째 치더라도, 기력 달리는 노인네들이 잡초나 뽑으실 수 있을지, 사교성이라곤 약에 쓰려 해도 없는 아빠가 낯선 동네에서 새 친구는 사귀실지, 연극배우로 활동하며 문화생활을 즐기시는 엄마가 답답해하지는 않으실지 등 마음에 걸리는 게 한두 가지가 아니었다. 가장 큰 걸림돌은 병원 문제였다. 건강이 좋지 않은 노년 가구가 도시 거주를 선호하는 것도 의료 시설 접근성 때문이다. 한창 떠들썩하던 실버타운의 인기가 '살던 마을에서 늙어가기'로 옮겨가는 것도 그래서다. 아빠는 응급실과 중환자실을 수시로 오가는 환자였다. 병원 가까이로 이사한 것도 그래서였다. 게

다가 엄마는 아직은 큰 병치레가 없었지만 차차 병원 출입이 늘어날 나이였다.

5번은 귀가가 늦은 나의 조건이다. 처음 여자 단둘이 살게 되니 안전에 부쩍 민감해지기도 했다. 6번도 뻔한 이유다. 지하철역 가까운 역세권, 숲이나 공원이 가까운 숲세권과 공세권, 대형 병원이 있는 의세권 등등 우리 조건도 남들이 따지는 것과 별로 다르지 않았다. '숲세권'이라는 말은 이때 처음 알았다.

7번은 엄마에게 중요한 요소다. 8번은 오로지 나를 위한 조건이다. 가능한 한 갈아타지 않고 출퇴근하면 좋겠다. 나는 '지옥철'을 피하려고 출퇴근 피크타임을 피해 다니는 쪽이다. 그래도 어쩔 수 없이 출근 시간에 본의 아니게 공중 부양하며 전철을 타면 그날치 에너지가 순식간에 날아가 영혼이 진공 상태가 되는 것 같다. 그 상태로 강의나 회의를 하려면 온전히 뇌를 부팅하기까지 시간도 곱절이 든다. 예전 직장 생활할 때 날마다 겪던 고초를 프리랜서가 된 지금 반복하고 싶지는 않다.

이렇게 여덟 가지 조건을 충족하는 집을 찾는 것이 이후 석 달간 우리 가족의 최대 관심사였다.

유난히 여름을 타는 내게 여름 내내 집을 보러 다니는 건 보통 고난이 아니었다. 심지어 엄마는 아빠가 돌아가신 후 폐소공포증이랄까, 공황장애와 비슷한 증세를 보이셨다. 조금 걷다가 갑자기 호흡이 가빠진다거나 기운이 쭉 빠져 다급하게 앉을 곳을 찾으셨다. 이전에는 아무렇지 않던 지하철이 갑갑하다며 내리기도 하고, 어떤 때는 야트막한 오르막도 힘겨워하셨다. 일시적인 쇼크라 짐작했지만 그 와중에도 엄마는 이사에 대한 의지를 꺾지도, 미루지도 않았다. 부동산에 관심 많은 동생은 온갖 매물과 호재 소식을 수시로 가족 채팅방에 올려 엄마를 부채질했다. 당초 이사의 목적은 분명 아빠 병원이 안 보이는 곳으로 가자는 것이었건만 돌연 자산 가치 증대 도모로 점프하면서 엄마와 나 사이에 갈등 조짐이 나타나기 시작했다. 지도로만 봐도 우리 조건과 동떨어지는데 엄마는 "아니라는 걸 눈으로 확인해야 한다"고 고집하셨다. 그것도 다 공부라며, 발품을 팔아 부동산 안목을 키워야 한다는 말까지 나왔다. 나와 동생은 보디가드처럼 번갈아 엄마를 호위하며 이곳저곳을 다녀야 했다.

유월부터 시작된 부동산 순례가 석 달째 이어졌다. 여름

한낮은 햇살이 뜨거워 엄마의 컨디션으로 감당하기 힘들었다. 우리는 오후 너댓 시쯤 부동산 아이쇼핑을 했고, 그래서 하루에 확인할 수 있는 매물은 한두 건이 고작이었다. 직장인인 동생은 평일 퇴근 이후와 토요일에, 나는 평일 오후 서너 시쯤 일을 접고 엄마와 동행했다. 그즈음에는 캄캄한 저녁에 엄마가 혼자 계시지 않도록 외출 시간을 줄이다 보니 나의 업무 시간이 점점 짧아졌다. 일이 밀려 압박은 컸지만 어쩔 수 없었다. 본래 살가운 딸은 아니지만 심신이 쇠약해진 엄마를 혼자 다니시게 할 수는 없었다.

더위와 엄마의 컨디션 난조 외에 매물 부족도 한몫을 해 우리의 새집 구하기는 쉽지 않았다. 본래 여름이 이사 비수기인 데다, 부동산 정책의 영향으로 집값이 폭등하고 시중에 매물이 거의 없다시피한 때였다. 엄마는 하루하루 초조해하셨다. 처음에는 가까운 동네 부동산 중개업소들을 다니다가 얼마 뒤에는 서울 시내 곳곳을 다니기에 이르렀다. 자칫하다가는 경기도까지 진출할 태세였다. 그렇게 일주일에 5~6일을 집을 보러 다녔다. 급기야 나는 화를 냈다. 이렇게까지 이사를 서둘러야겠냐는 사나운 말을 삼키지 못한 것이다. 가치관 차이도 있는 데다, 몇 달째 엄마에게만 집중하느라 억누르던 감정이 비어져 나왔다. 이후 엄마의 부동산 아이쇼핑에는 동생이 곱절로 동행하게 되었다. 엄마는 명확한 목표가 생긴 덕에 슬퍼할 겨를이 없었던 것 같다. 아마도 그랬을 것이다.

그렇게 모녀는 지하철역 세 정거장 떨어진 곳으로 이사를 했다. 완벽하지는 않지만 여덟 가지 조건에 거의 부합하는 곳이었다. 엄마와 동생은 약간 흥분 상태였다. 막내 고모와 홍 반장 고모부가 어김없이 출동해 이사와 정리를 도와주셨다. 아빠가 안 계신 이사가 처음인 만큼 염려하는 사람도 여럿이었다.

하필《들리는 사진관: 영정 사진 프로젝트》전시를 철수하는 다음 날이 이삿날이었다. 전날까지 나는 일주일간 전시장에 나가 있었고, 틈틈이 강의도 했다. 전시 전에도 잡다한 광고물을 만들고 언론사 홍보며 손님 맞을 준비를 하느라 잠잘 시간도 부족한 지경이었다. 당연히 짐 정리를 할 시간이 없었고, 쓰레기까지 이고 지고 새집으로 들어갔다. 엄마도 이삿짐센터 사람들도 예상보다 짐이 많다고 안 좋아했다. 나 때문이었다. 내키지 않는 이사를 하며 나는 문제아가 된 것 같았다.

이사를 들어와 보니 집에 문제가 좀 있었다. 해결해야 할

일, 난생처음 겪는 일투성이였다. 법적 조처까지 필요한 지경이라 이리저리 전화를 해대며 작전을 짰다. 집을 판 전 주인은 야박하게도 가스레인지마저 떼어가서 모녀는 간이 레인지로 캠핑하듯 끼니를 때웠다. 하필이면 이삿날이 추석 연휴를 이틀 앞둔 금요일이라 모든 게 늦어졌다. 한 달이 지나도록 집이 집 같지 않았다.

비로소 아빠의 부재가 실감됐다. 장례식장에서 영동 큰고모가 해주신 말씀이 떠올랐다. 아빠는 돌아가시기 전 몇 달 동안 예감이라도 했는지 쇠잔해진 몸으로 엄마를 대동하고 친지를 만나러 다니셨더랬다.

"느이 아빠가 몇 달 전에 우리 집에 왔잖냐. 네가 그렇게 공부하고 싶어 하는데 뒷바라지를 못해줬다고, 제가 돈 벌어 가매 공부하느라 고생헌다고 마음 아파하더라. 아빠 미워하지 말어. 그래도 대학 공부까진 시켰잖냐. 좋건 싫건 간에 아빠 슬하가 편한 거여. 나중엔 너도 알게 될 거여."

졸업을 축하하며, 아빠가

놓아주기

고 3은 특수한 시기다. '고 3=수험생' 외에 우리는 고 3에 다른 의미나 가능성을 허용하지 않는다. 그러나 나는 그때를 수험생으로 지내지 못했다. 학교에 있는 시간 외에는 집에 누워 있거나 병원에 다녀야 했다.

무척 어린 시절부터 두통과 함께 살고 있다. 아마도 초등학교 3학년 때였을까, 통증이 심한 날은 도저히 숙제를 할 수가 없었다. 선생님께 아픈 걸 설명할 만큼의 주변머리가 없던 나는 세 학년이나 아래인, 이제 막 한글을 뗀 동생에게 전과를 건네며 숙제를 베껴달라고 할 정도로 머리가 아팠다. 체육 시간에 그늘에 앉아 있다가 꾀병으로 오해한 선생님께

혼이 나기도 했다. 겉보기엔 말짱했으니까. 그 와중에도 나는 12년 내내 개근상을 받았다.

전에는 그나마 쉬어가며 찾아오던 두통이, 고 3 꼬리표가 붙던 그해 초부터는 아예 착 달라붙어 떨어질 줄을 몰랐다. 밤이 되면 더했다. 끙끙거리며 꼬박 밤을 지새우고 날이 밝으면 학교에 가 간신히 앉아 있다가 집에 오곤 했다. 이런 상태가 몇 달간 이어졌다. 신경과에서는 갖은 검사를 하고도 원인을 찾지 못해 흔하디흔한 스트레스 탓으로 돌렸다. 고 3과 스트레스를 연결 짓는 건 누가 봐도 자연스러웠다. 원인을 찾지 못하니 자연히 해결책도 얻지 못해, 통증이라도 줄일 셈으로 진통제와 수면제 정도를 처방받았다. 게다가 심장이 때로는 불규칙하게, 또 때로는 정상보다 천천히 뛰었다. 서맥성부정맥. 심장판막 이식 수술을 받으신 아빠로부터 이어진 가족력으로 짐작되는 이 증상 역시 뾰족한 수가 없었다. 이것저것 다 하다가 과학적이건 말건 척추 지압 요법에도 기댔다. 그렇게 반년 정도가 지나 두통과 부정맥 증세가 조금 잦아들긴 했지만, 언제 재발할지 몰라 나는 놀고먹는 고 3으로 지냈다. 공부를 안 하던 학생도 바짝 피치를 올리는 때, 나는 거꾸로 적극적으로 아무것도 안 했다. 남들은 '4당 5락'이니 뭐니 하며 잠도 줄인다는데, 나는 이 시기에 더 열심히 잤다. 본래도 우등생이 아닌 성적은 좋으려야 좋을 수가 없었다. 그래도 어찌어찌 4년제 대학에 들어갔다. 합격 통지를 받은 날, 부모님이 무척 기뻐하셨던 것 같다. 워낙 표현을 아끼는 분들이라 인상에 남는 기억은 없지만.

합격 통보를 받고 고등학생도 대학생도 아닌 어정쩡한 신분으로 지낼 때였다. 누구의 통제도 받지 않는, 그야말로 고삐 풀린 망아지가 따로 없었다. 고등학생이라는 딱지에서도, 두통의 고통에서도 벗어난 평화로운 시기. 나는 아무 때나 자고 아무 때나 일어났다. 예비 동기들과 만나 그간 금지당했던, 감당도 못 하는 술을 밤늦도록 마시고는, 잘못 구워 눌어붙은 인절미 꼴로 아침을 맞았다. 여기가 이승이냐 저승이냐 하며 눈을 뜬 어느 날, 머리맡에 편지 봉투 하나가 놓여 있었다. 하얀 봉투를 열어보니 작은 공책만 한 종이가 한 장 들어 있었다. 아빠의 편지였다.

처음이자 마지막으로 받아본 아빠의 편지. 평생 다정한 말 한 번 해본 적 없는 분답게 편지는 간결했다. 고 3 시기를 이런저런 병치레로 보냈는데도 무사히 대학에 합격해줘 고맙다는 내용이었다. 편지는 곧 놀고먹는 대학생으로 전락할까 노심초사하는 염려로 이어졌다.

졸업을 축하하며

어려운 관문인 대학에 입학하게 된 것을
아빠는 참으로 기쁘게 생각한다.
어려운 환경에서도 열심히 공부하고
또 성실하게 생활한 네가 자랑스럽게 느껴지는구나.
그러나 앞으로의 대학 생활이 조금은 걱정이 된다?
대학이라는 것이 입학으로 모든 것이 끝난 것이 아니고,
전공 분야를 살리고 일반 교양의 질을 높이기 위해서는
부단한 노력이 따라야 한다는 것을 염두에 두어야 한다.
각 대학에서는 엄격한 학사 관리로 학점 미비의
학생에게는 제적까지도 시키는 경우가 있으니
열심히 노력하지 않으면 안 된다는 것을 깊이 생각하고
후회 없는 대학 생활이 되기를 바란다.

1995. 2. 13. 아빠가

'아휴, 잔소리. 엄마는 아빠 연애편지에 넘어가 결혼하셨다더니.'

대체 아빠 편지의 어느 부분에 엄마가 반했다는 것인지 당최 모르겠다. 어쩜 이다지도 무미건조한지. 그런데 이상하게도 눈물이 핑 돌았다. 어떤 감정은 양념이 없을 때 더 진하다. 아빠의 편지는 그 자체로 의미 덩어리였다. 그러고는 그뿐이었다. 나는 그날 밤 또 홍청망청 불타는 얼굴로 집에 들어왔다.

이삿짐을 정리하다 그때 그 편지를 발견했다. 봉투를 보자마자 눈물이 솟구쳤다. 잔소리 편지를 받은 그날보다 더 많이 울었다. 아빠는 뭘 쓰든 먼저 연습을 하시곤 했다. 우리 집 명필답게 글씨도 반듯반듯 잘 쓰시는 분이 왜 연습을 하실까? 이제야 어렴풋하게 알 것 같다. 준비 안 된 모습, 미흡한 점을 내보이고 싶지 않으셨을 것이다. 내가 그런 것처럼. 아빠는 퇴직 후 복지관에서 컴퓨터와 스마트폰 사용법을 배우셨다. 못해도 그만인 소일거리일 뿐인데도 아빠는 설명을 되풀이해 들어도 능숙하게 다루지 못하는 데 무척 짜증을 내셨다. 늦게 배운 만큼 진도 빠른 수강생보다 더딘 것이 당연한데도, 뒤떨어진다는 생각에 자존심이 상하신 듯했다.

아마 그 편지도 그랬을 것이다. 몇 번이나 연습을 하셨을 테지? 종이를 몇 장이고 구겨 버리셨겠지? 쑥스러운 걸 이길 만큼 나의 회복과 합격이 기쁘셨겠지? 몰래 편지를 줄 생각에 혼자 빙그레 웃으셨겠지? 그때는 보이지 않던 행간이 이제야 눈에 들어온다. 20년도 더 지나 눈앞에 나타난 편지, 아빠는 이 편지로 내게 무엇을 말씀하고 싶으셨을까? 편지의 제목 '졸업을 축하하며'. 아빠는 내가 갈피를 잃은 애도에서 졸업하기를 바라시는 걸까? 졸업을 해야 새롭게 시작할 수 있는 법이니.

아빠와 나의 거리

아빠의 편지에 나는 아무 대꾸도 한 적이 없었다. 조용한 가족답게 나도 표현하는 법을 배우지 못했고, 편지의 존재를 종종 잊어버렸고, 아빠가 자주 미웠다.

기업체나 기관 같은 데서 대중 강연을 한 지 5~6년쯤 지났을 때던가? 어느 날 나를 가만히 돌아보자니 한심한 생각이 들었다. 명색이 '소통'을 강의한다는 사람이 정작 누구보다 가까운 아빠와 가장 서먹서먹했다. 강의를 할 자격이 없는 것 아닌가? 공자 왈 맹자 왈 문자깨나 써가며 소통하라고 잔소리를 해대면서 정작 나는 실천하지 않는다니. 낯이 뜨거워져 어떻게 하면 좋을지 고민하며 한 주 정도 가만히 아빠의 일상을 관찰했다.

20:30 귀가

20:40~21:40 저녁 식사, 뉴스 시청

21:40~22:40 산책

23:00 다시 뉴스 시청 후 취침

아빠는 9시 뉴스를 섭렵하고 스포츠 뉴스가 시작할 즈음, 그러니까 9시 40분쯤 집을 나서 공원을 한 바퀴 걸으셨다. 오후 3시만 되면 산책을 나서 동네 사람들이 그 시간에 시계를 맞췄다는 철학자 칸트도 아닌데, 아빠의 일정도 좀처럼 저기에서 벗어나지 않았다. 그래, 산책 시간을 노려보자.

드디어 작전 개시. 그날도 아빠는 텔레비전 뉴스를 보면서 저녁을 드시고 계셨다. 나는 진작 추리닝을 입고 아빠를 흘낏거리고 있었다. 9시 40분이 되자 역시나 아빠가 나설 채비를 하셨다. 나도 후다닥 운동화를 신고 아빠를 따라 나갔다. 아빠 표정은 꽤나 어리둥절했던 것 같다.

하아, 어색하다. 무슨 말이든 해야겠는데 딱히 떠오르는 게 없다. 아빠와 단둘이 무엇인가를 해본 기억이 없다. 내가 이리저리 머리를 굴리는데 아빠가 먼저 한마디 하신다. 집을 나선 지 20분 정도 흘렀을 즈음이다.

"봄이라 그런가, 날씨가 좋네."

"그쵸?"

다시 침묵. 어색하게 걷는다. 20분 정도 앞만 보고 걸었다.

"날이 좋아서 사람이 많네."

"진짜 많네요."

그렇게 한 시간가량 부녀는 어색한 산책을 다녀왔다. 내일도 가야 하려나? 진짜 불편하네. 아니야, 이왕 시작했으니 당분간은 이대로 가는 거다. 다음 날도 또 다음 날도 나는 추리닝을 입고 눈치를 힐끔거리다 아빠를 쫓아 나갔다. 그러고는 똑같이 저 두세 마디를 주고받다가 집으로 돌아왔다. 두어 달을 그랬던 것 같다. 아빠와 농담이나 장난을 주고받는다거나, 최소한 친밀감이 느껴진다거나 하는 일은 일어나지 않았다. 적어도 내게는 그랬다.

"엄마, 내가 산책에 따라 나가는 걸 아빠가 불편해하시는 것 같지 않아요?"

"무슨 소리야? 은근히 기대하는 것 같던데. 9시 반쯤 되면 시계를 자꾸 보더라."

엄마의 증언을 믿고 두어 달을 그렇게 이어가다가 어떤 연유인지 기억나진 않지만 아빠와의 산책을 끝냈다. 아마도 도통 어색함이 가시지 않아 흐지부지 그만뒀던 것 같다. 속으로는 역시 아빠와는 가까워질 수 없다고 결론을 내렸겠지.

만약 당신 사진이 충분히 만족스럽지 않다면
당신이 충분히 가까이 다가가지 않은 것이다

종군기자로 맹활약한 사진작가 로버트 카파의 전시에서 만난 문구다. 내게 이 말은 이렇게 들렸다. '만약 당신의 소통이 충분히 만족스럽지 않다면, 당신이 충분히 가까이 다가가지 않은 것이다.'

그때 나는 어땠을까? 아빠에게 충분히 다가갔을까? 산책 작전을 펼치며 나름으론 노력했다고 핑곗거리를 확보한 데서 그친 것은 아닐까? 나의 소통 강의를 합리화해주는 무용담에 지나지 않는 건 아닐까?

아빠와의 소통은 이제 시작일지도 모르겠다. 이 글이 아빠의 편지에 다소 늦은 답장이 되면 좋겠다. 그런 바람으로 지금 나는 아빠에게 다가가고 있다.

3 전장의 입구에서

환자와 가족의 제로섬 게임

상처 주는 요인 차단하기

2018년 4월

아빠가 또 입원하셨다. 두어 달 전에도 그랬는데. 입원 횟수는 점점 잦아지고 기간은 점점 길어진다. 전에는 시술이나 약물로 정상 수치를 만들어 퇴원시키더니 이번에는 양상이 다르다. 당초 문제였던 심장의 이상 증상이 해결되기는커녕, 다른 장기마저 차례차례 기능을 못 하게 되었다. 도미노처럼 하나하나 쓰러지다가 마지노선까지 무너진 느낌이랄까.

아빠는 눈에 띄게 쇠약해졌다. 급기야 입원 한 달이 지날 즈음, 주치의는 친지들에게 연락해 아빠와 만나게 해드리라고 했다. 왜인지 묻지 않았다. 말해주지 않아도 짐작할 수 있었다.

"아이고, 바로 몇 달 전에 우리 집에 다녀가셨는데, 또 놀러오시라고 얼마 전에 전화 드렸는데, 이게 어쩐 일이래?"

친지들은 여느 병문안 때와 다를 바 없이 소소한 얘기를 나누시고는 복도에 나와 몰래 눈물을 훔쳤다. 반가운 얼굴들이 찾아주니 아빠도 오랜만에 활기를 띠셨다. 예의 차리느라 기쁜 척할 분이 아니다. 그날은 오랜만에 통증도 없다며 잘 주무셨다. 아이 같다. 저분들이 왜 왔는지 아는 것일까? 상대 몰래 이별을 준비하는 연인처럼 나는 서글펐다.

주치의가 가족을 소집했다. 엄마의 전언에 따르면 한 명도 빠짐없이 전부 오라고 했단다. 의사를 만나기 전부터 우리는 불안했다. 의사는 심장 이식 수술을 권했다. 입원 초기에는 고려할 만한 대안으로 수술을 말하더니, 이제는 최후이자 유일한 방법으로 강권한다. 아빠의 간이며 신장이며 장기들이 모두 제 기능을 못 하는데, 그건 다 심장에 문제가 있어서다. 그러니 심장 이식 수술을 하면 다른 기관도 정상적으로 기능할 수 있다. 이것이 주치의의 진단이자 주장이었다. 궁금한 점이 있으면 세세한 부분까지 전부 물어도 좋단다. 그래야 우리가 결정을 내릴 테니까. 가족 한 사람 한 사람이 모두 골똘한 눈빛으로 주치의를 인터뷰하듯 캐묻기 시작했다.

Q 일흔을 바라보는 노인이 심장 이식 수술을 해 성공한 사례가 있는가?

A 예전에는 불가능했지만 이제는 기술이 좋아져서 6~70대도 수술을 한다. 물론 성공 사례도 있다. 문제는 '수술을 할 수 있는 기술'이 아니라 '장기 기증을 받을 수 있는가'다. 심장 이식을 하려면 기증자를 기다려야 하는데, 아무래도 젊은 사람이 공여 1순위이고 나이가 많을수록 순위에서 멀어진다.

Q 심장을 기증받기까지 얼마나 기다려야 하는가?

A 당연히 그건 아무도 모른다. 6개월이 될 수도, 3년이 될 수도, 아니면 더 오래 기다릴 수도 있다.

Q 공여자를 기다리는 동안 환자 상태가 악화되면 어떻게 하나?

A 그러므로 보호자는 의료의 방향성을 선택해야 한다. 이식 수술을 하지 않는다면 살아 있는 동안 환자의 고통을 최소화하는 쪽으로 대응할 것이다. 이식 수술 희망자로 접수를 하면 수술할 때까지 모든 약물과 기계를 동원해 어떻게든 생명을 유지시켜야 한다. 인공호흡기든 에크모ECMO, 체외막산소화장치

든 무슨 장치를 써서라도 바이탈 사인vital sign을 정상 범위로 유지해야 한다.

Q 환자는 근육이 거의 소실되는 등 너무나 쇠약한데 현재의 체력으로 수술이 가능한가?

A 그렇기 때문에 수술을 서둘러야 한다. 더 악화되면 수술을 받을 수 없을 것이다. 수술을 받고 나면 장기들이 제 기능을 찾고, 따라서 체력도 좋아질 것이다.

Q 수술은 주치의가 직접 하나?

A 우리 병원에서는 수술할 수 없다. 대신 제휴를 맺은 병원으로 옮길 것이다. 그렇게 되면 의료비 부담이 여기보다 훨씬 커질 것이다. 그리고 수술 후에도 여러 난관이 있다. 재활을 해야 하는데 환자에게는 수술보다 재활이 더 힘들 수도 있다.

Q 재활에 얼마나 걸리나?

A 알 수 없다. 체력과 의지에 따라 5~6개월이 걸릴 수도, 더 걸릴 수도 있다. 수술 예후를 보며 차근차근 재활을 해야 한다. 신장 이식 같은 추가 수술이 필요할 수도 있다. 재활에 성공하지 못할 가능성도 높다.

어떤 질문에도 확실한 답은 없었다. 가능성에 가능성이 가지를 칠 뿐이다. 그런데도 주치의는 심장 이식 수술을 받으라고 한다. 공여자가 나타나기는 할지, 수술과 재활이 성공할지 어떨지 모르지만, 현재로서는 그것이 유일한 방법이란다. 환자도 보호자도 가진 돈과 노력을 총동원해 그 유일한 가능성에 기대 언제 끝날지 모를 고생을 해야 한다. 아마도 더 이상 경제력이 뒷받침하지 못할 때까지겠지. 그즈음이면 집안은 파탄이 났을 테고.

사람들 이야기를 들어보면 병증이나 치료법은 제각각이지만 결말은 대체로 비슷하다. 여러 병원이 환자의 생명을 볼모 삼아 보호자의 양심을 건드리며 온갖 새로운 요법과 약품을 권한다. 도리를 다하고 싶은 보호자는 온 재산을 쏟아부어 병원에서 하자는 대로 따른다. 결국 보호자는 파산하거나, 그에 가까운 지경이 된다. 환자가 완치되면 다행이지만, 사망하거나 병증이 악화해도 책임지는 이는 없다. 보호자의 목에 빨대를 꽂고 쭉쭉 빨다가 더 이상 영양가가 없으면 버린다. 이것이 병원이 의료라는 이름으로 장사하는 방식이다. 그러는 동안 환자는 의사의 임상 데이터로 축적된다. 환자의 존엄은 간 데 없다. 그저 환자는 기계 장치의 수치로만 목숨을 붙잡고 있는 것이다. 이런 사정을 알면서도 환자와 보호자는 병원과 의사에 매달릴 수밖에 없다. 비참한 구조다.

아빠가 입원한 곳은 공공 의료를 표방하는 시립 병원이니 병원이 돈을 벌겠다는 생각으로 수술을 제안한 것은 아닐 것이다. 심장 이식 수술은 다른 병원으로 옮겨 하는 것이라 하니, 의사도 실적이나 실험 때문에 권하는 건 아닌 것 같다. 그렇다면 왜 그렇게까지 강력히 심장 이식 수술을 권했을까?

어디까지나 추측이지만, 주치의는 의료인으로서 사람을 살리는 게 우선이라는 윤리적 정당성을 확보하고 싶었던 것 같다. '나의 양심과 위엄으로서 의술을 베푸노라', '환자의 건강과 생명을 첫째로 생각하나니.' 히포크라테스 선서를 한 의사로서 최선을 다했음을 증명하기 위해 환자 가족의 죄책감을 자극하는 태도는 의사의 윤리에 포함되지 않는 요소인가? 현실은 고려하지 않고 원칙과 성공 사례만 앞세워 어쩌면 발생할지도 모르는 책임 추궁에서 벗어나려는 주치의. 그래, 의사란 그런 사람들이었다. 강의를 의뢰받아 의료 커뮤니케이션을 공부한 적이 있다. 왜 의사와 환자는 원활하게 소통하지 못할까? 이유는 여러 가지지만, 기본적으로 의사는 바이러스나 병증과 소통할 뿐이며, 환자는 그것들의 숙주라고 인식한다는 대목에서 충격받은 기억이 있다. 환자는 사람이 아닌 것이다.

분노와 서러움. 30분 남짓한 면담 끝에 주치의의 방을 나오며 나를 채운 감정은 저 두 가지였다. 환자 가족을 딜레마에 빠뜨리는 주치의의 무책임한 원칙주의에 분노했고, 경제적 무기력에 서러움이 몰려왔다. 아빠를 살려두려면 얼마가 들까? 알량한 집과 땅을 판다면 엄마의 여생은 어떻게 되는 걸까? 어려서부터 경제적 부담 때문에 포기하거나 유예한 게 한두 가지가 아니지만, 돈이 없어 서러운 건 그때가 처음이었다.

생명 결정권

돈 걱정에 이어 생명의 존엄에 대해서도 꼬리에 꼬리를 물고 자문하기 시작했다. 지금 아빠를 지배하는 것은 이성보다 본능이고, 이성을 회복할 가능성은 낮아 보인다. 오히려 증세는 점점 더 심해질 것이다. 체력도 점차 떨어지고 있다. 기계 장치에 기대 스스로 호흡도 못 하고 누워 있는 지경까지 간다면, 그것을 살아 있는 사람이라고 말할 수 있을까? 그마저도 아빠의 삶인 걸까?

아빠가 수술과 재활을 한다면, 오래 생존할수록 힘들어지는 사람은 엄마일 것이다. 끝이 보이지 않는 희생의 시간을 보내는 동안 엄마의 삶의 질은 어떻게 되는 것인가? 지금도 마냥 건강한 분이 아닌데, 이러다가는 아빠보다 엄마가 먼저 돌아가실지도 모르겠다.

환자의 생명을 지키기 위해서는 가족이 희생해야 하고, 가족을 지키려면 환자를 버려야 하는 것인가? 환자와 가족이 한쪽은 얻고 다른 한쪽은 잃어야 하는 제로섬 게임을 해야 한단 말인가? 나는 아빠의 존엄과 동시에 엄마에 대해 고민했다. 나에게는 아빠가 있지만, 엄마도 있다.

주치의는 충분히 논의하고 결정을 알려달라고 했다. 엄마와 동생, 나 셋은 병원 밖 벤치에 앉았다. 다들 땅만 쳐다볼 뿐 말이 없었다. 무슨 말을 하겠는가? 수술을 해도 후회, 안 해도 후회일 텐데. 우리는 깊은 딜레마에 빠졌다. 최선의 방법을 찾을 수 없는 이런 때는 차악을 선택하는 법이다. 무거운 공기를 가르며 엄마가 말씀하셨다.

"아빠 수술은 안 하는 것으로 하자. 경제적인 부담도 그렇고 엄마 체력도 자신이 없어. 그렇게 낮은 확률에 운을 걸고 아빠를 병원에서 고생만 시키다가 보낼 수도 없고…. 이건 어디까지나 엄마가 결정한 거야. 너희는 이 결정에 아무 상관없는 거야."

주치의의 방을 나설 때 이미 세 사람은 암묵적으로 결론을 내리고 있었다. 그리고 엄마는 모두를 위해 '총대를 멨다'. 우리는 한동안 벤치에 앉아 있었다. 제각기 땅바닥에 시선을 처박거나 저 먼 어딘가를 응시하며 눈물을 훔쳤다. 아빠는 그로부터 열흘 정도 뒤에 돌아가셨다. 애당초 수술을 받을 수 없는 상태였던 것이다. 우리를 죄의식과 무기력의 구렁으로 밀어 넣은 의사가 두고두고 원망스러웠다.

그 열흘 동안, 의사를 원망하는 데 이어 아빠에 대한 분노가 일었다. 아빠의 삶인데 왜 우리가 생사여탈을 결정하며 괴로워해야 해? 아빠가 당신 삶에 진작 경계를 그어놓았다면 우리가 이렇게 무시무시한 고민을 하지는 않았을 텐데. 어떤 환자들은 정신이 온전할 때 무의미한 연명 치료를 거부한다고 미리 당부하기도 한다던데.

아빠는 워낙 젊어서부터 생명의 고비를 자주 넘나들며 죽음에 둔감해지신 것 같다. 혼자서는 '만일의 경우'를 생각하셨는지 모르겠지만, 우리와 공유하신 적은 없다. 이번에도 퇴원하시리라 믿고 언제 병원을 나가는가만 관심을 보였다. 아빠는 현대 의학을 하느님처럼 믿고 당신의 삶을 방임하셨다. 이번에도 막연히 의사가 정상 수치로 만들어주겠거니 생각하셨을 게다. 병도 삶도 내 몸이라는 주체성은 의사에게 양도하신 지 오래다.

며칠 전 아빠는 머리가 아프다고 하셨다. 약을 바꾸었는데 증상이 나아지지 않는 듯했다.

"아빠, 약을 바꿨다는데 아픈 정도는 달라졌어요?"

"모르겠어!"

벌컥 역정을 내신다. 당신의 증세는 당신만 알 텐데 아빠는 모르신단다. 몸이 말하는 소리는 듣지 못하고 의사의 말에만 매달린다. 의사가 정상이라 하면 정상인 줄 알고, 정상이 아니라 하면 정상이 아닌 것이다. 마치 구경꾼 같다. 그래서 가족들이 불필요한 시험에 든 것이다. 너무나 야속했다.

내겐 엄마도 소중해요

건강하게 소통하기

아빠야말로 '두근거리는 삶'을 사셨을 게다. 내 기억이 시작된 이래 아빠의 등에서는 늘 기계 돌아가는 소리 같기도 하고 비트박스 같기도 한 소리가 났다. 귀를 바짝 갖다 대지 않아도 그 소리는 분명하게 들렸다. 신기한 마음에 이따금 나는 닿을 듯 말듯 가까이 다가가 아빠의 등 뒤에서 숨을 죽이곤 했다.

아빠는 내가 태어나기도 훨씬 전에 멀리 미국까지 가서 심장 수술을 받았다. 가족들은 살아서 보는 마지막 얼굴일지 모른다고 여기며, 입술 파란 스무 살 청년을 떠나보냈다. 청년은 난생처음 비행기를 탔고, 직항도 없던 시절 도쿄를 경유해 휴스턴으로 머나먼 길을 떠났다. 그리고 기적적으로, 더 이상 파랗지 않은 입술로 돌아왔다. 그제야 청년의 심장이 남들처럼 다부지게 뛰게 된 것이다. 이후 청년은 연애를 하고, 결혼해 아이를 낳고, 집을 사고, 아이의 아이를 보았다. 어린 시절 나는 아빠가 텔레비전에 나오는 '600만 불의 사나이'가 아닐까 생각했다. 심장에 기계가 들어 있다니. 내 아빠지만 사이보그처럼, 조금은 신기한 존재였다.

큰고모가 '바라만 봐도 아까운 내 동기'라 부르는 '600만 불의 사나이'의 심장은 결국 녹이 슨 모양이다. 40년도 더 전에 판막 이식 수술을 받고, 몇 년 전에는 정상 맥박에서 벗어난 심장에 전기 자극을 주는 인공 심박 조율기 이식도 받았건만, 이제는 효력이 다한 모양이다. 점차 다른 장기에도 문제가 생기고, 신장까지 제 기능을 못 하게 되면서 아빠는 하루걸러 한 번씩 혈액 투석을 받게 되었다. 그러고는 중환자실로 옮겨졌다. 중환자실이 처음은 아니었지만, 이번에는 양상이 조금 달랐다.

아빠는 의식조차 없어 보이는 사람들 틈에서 텔레비전도 신문도 보지 못하고 하루하루를 보냈다. 보고 듣고 생각하고 말할 수 있는데 그럴 수 없는 사람처럼 지내야 했다. 의사와 간호사가 실험실 동물 보듯 가끔 들여다볼 뿐이었다. 그야말로 '창살 없는 감옥'에서 아빠는 오직 면회 시간에만 당신이 사람임을 느꼈을 것이다.

중환자실 면회는 하루 두 번, 오전 11시와 오후 7시에 30분씩 허락되었다. 하지만 30분이 지나고 40분이 지나도 아빠는 엄마를 못 가게 하셨다. 매번 그랬다.

그날도 면회 시간이 지났다고 간호사가 거듭 재촉했다. 아빠는 상습범이다. 이따가 또 오겠다고, 엄마는 아이 달래듯 아빠를 달랜다. 아빠가 다급하게 엄마의 손목을 잡는다. 그러고는 이불 속에 얼굴을 파묻듯이 스르르 집어넣으며 아주 작은 소리로 말씀하신다.

"간호사가 시계를 만지는 모양이야."

"응?"

"시계가 아까 1시로 갔다가 이제는 11시 40분이야."

엄마와 나는 어리둥절해 건너편 벽에 높이 걸린 동그란 시계를 지켜보았다. 아무리 보아도 시계는 멀쩡하다. 영문을 몰라 간호사를 쳐다보려는데 아빠가 다시 한 번 엄마의 팔을 끌어당긴다. 아빠는 마치 007 작전이라도 수행하는 듯, 말 대신 눈짓으로 간호사를 가리킨다. 아빠의 그런 얼굴은 처음이었다. 《반지의 제왕》에 나오는 골룸처럼 희번득한 눈빛에 순간 소름이 끼쳤다.

아, 치매가 왔구나. 나는 놀라다 못해 절망했다. 기어코 여기까지 왔구나. 눈물이 쏟아져 허둥지둥 중환자실을 빠져나왔다. 아빠 앞에서는 명랑하던 엄마도 나와서는 낯빛이 어두워졌다. 스트레스를 받아 일시적으로 그러는 걸 거라 말씀하셨지만, 그렇게 믿고 싶으신 것이겠지. 의심, 불안, 집착 등이 뒤죽박죽된 아빠의 그 눈빛이 두고두고 머릿속에서 지워지지 않았다.

아빠는 일반 병동으로 옮긴 후에도 이치에 닿지 않는 얘기를 하셨다. 섬망이었다. 약물이나 큰 수술 등으로 일시적으로 발생하고, 치매와 달리 사람을 알아보는 인지 능력이 있으며, 치료가 된다고 한다. 그래도 안심이 되지 않아서 병원에 갈 때마다 아빠를 채근했다.

"제가 누구예요?"

"오채원."

'우리 딸'이 아니라 '오채원'이다. 나의 존재는 인식하되, 당신과의 관계는 보류하는 호칭. 잔뜩 화가 난 얼굴로 내던지듯 답을 하곤 등을 보이며 돌아누우셨다. 어쩌면 나의 의도를 파악하고 자존심이 상한 것 같기도 했다. '나 정상이거든! 그런 시답잖은 질문으로 나를 시험하지 마!'. 한편으로 '치매는 아니구나' 안도하면서, 또 한편으로는 서글펐다. 예전에 입원을 하시면 아빠는 항상 '바쁜데 뭐 하러 오냐?'고 인사치레를 하셨다. 그러더니 섬망이 온 후부터는 나를 쳐다보지도 않고, 마치 내가 그 자리에 없는 양 행동하셨다. 그런데 동생이 오거나 핸드폰에 저장된 손자 사진을 보여주면 간식을 손에 쥔 아이처럼 얼굴에 웃음꽃이 피었다. 본능에 충실해진 아빠의 숨겨지지 않는 진심이리라. 입바른 소리만 쏘아대는 나에 대한 서운함이 아빠의 뇌리에 깊이 박혀 있는 모양이다. 어쩌겠나. 여태 아빠를 미워하기만 한 내 업보다. 나는 덤덤한 척 병상 끝자락에 걸터앉아 있었지만, 속은 씁쓸했다.

아빠가 계신 병동은 간병인 없이 간호사가 의료 서비스를 전부 책임지는 안심 병동이라서 보호자는 저녁 8시가 되면 나가야 한다. 그때마다 아빠는 엄마를 붙잡았다. 멀찍이 선 간호사에게 눈을 흘기며, 엄마에게 부당함을 호소하셨다. 간호사가 이것도 안 해주고 또 저것도 안 해주고…. 그때마다 엄마는 "내가 간호사한테 말할게. 특별히 신경 써달라고 당부할게"라며 약속하셨다. 안 떨어지려는 아이를 어르고 달래 출근하는 애 엄마처럼. 그렇게 엄마가 집에 막 도착하고 채 몇 분도 지나지 않아 아빠는 또 전화를 하셨다.

"나 여기서 탈출할 거야!"

다리 근육이 소실돼 화장실도 못 가는 분이 어쩌겠다는 말씀인지. 엄마는 아침 일찍 가겠다며 아빠를 달래신다. 아빠는 새벽까지 몇 번이고 전화를 해 엄마를 못 자게 했다. 이런 일은 수시로 반복됐다. 병원 문턱만 들어서도 아픈 증상이 싹 다 사라지던 분이었는데, 이제 아빠는 병원의 모든 것을 의심한다. 엄마는 아빠가 병원에 버려졌다는 공포심을 그렇게 표현하는 것이라 이해하셨다.

엄마는 매일 병원으로 출근하셨다. 일이 있지 않은 한 점심과 저녁 식사 시간에 맞춰 하루에 두 번씩 가셨다. 그리고 병원을 나설 때마다 전쟁은 반복됐다. 저녁에 집에 들어가면 엄마는 늘 녹다 만 눈사람 같은 몰골로 나를 맞으셨다. 눈꺼풀을 올리는 것마저 힘겨워 보였다. 한 달 반가량 이어진 아빠의 입원에 엄마의 심신은 눈에 띄게 피폐해졌다.

직면하면 이미 늦다

'기쁠 때나 슬플 때나, 부유할 때나 가난할 때나, 건강할 때나 병들었을 때나, 죽음이 우리를 갈라놓을 때까지 사랑하고 보살필 것을 맹세합니다.' 20대의 엄마는 그 의미를 알고 결혼 서약을 하셨을까? 아직 일어나지 않은, 그리고 경험해 보지 않은 일에 대한 언약의 엄중함을 아셨을까? 60대의 엄마는 20대의 엄마가 내린 선택에 동의할까? 사선死線에서 물러섰다가 또 가까워지길 반복한 아빠와 40여 년 세월을 함께하며 엄마는 오늘 같은 날이 오리라 예상하셨을까? 희망보다 절망이 큰 지금, 엄마는 오랜 파트너의 손을 놓지 않는다. 평생 환자 대접만 받아온 아빠는 아마도 엄마처럼 누군가를 보살피는 게 어떤 건지 모를 게 분명하다. 평생을 아픈 남편에 헌신하고 힘에 겨워 매일 명상 영상을 틀어놓으면서 평정을 찾으려 안간힘을 쓰는 엄마가 가여웠다. 엄마를 지탱하는 힘이 기껏 명상과 기도뿐이라니.

"내겐 엄마도 소중해요. 아빠도 물론 보살펴야겠지만."

병원에 들러보니 아빠는 주무신다. 엄마는 바쁠 테니 어서 가라고만 하신다. 아빠를 등지고 병실을 나서는데 시들시들한 엄마가 안쓰러웠다. 배웅하는 엄마를 와락 안았다. 안아드려야겠다고 생각을 한 건 아니었다. 그야말로 '나도 모르게'였다. 처음이었다. 엄마가 흐느껴 우시다가 문득 나를 밀쳐내며 눈가를 닦으셨다. 아마도 마음이 약해질까 두려워 스스로에게 의지를 보이려 하신 것 같다. 환자를 앞에 두고 마음껏 울 수조차 없는 엄마가 안타까웠다. 살갑지 못한 나는 안타까움을 말로 표현하는 대신, 온라인 쇼핑몰에서 엄마가 좋아하실 만한 과일과 생선, 찬거리 등 특식을 사 냉장고에 쟁였다. 나의 마음을 알아주길 바라서 한 행동이 아니었다. 그때는 무엇이든 하지 않으면 안 될 것 같았다.

이렇게 환자의 가족은 각자 전쟁을 치른다. 때로는 다른 식구를 배려하느라 제 욕구를 꾹 누르고 입을 닫는다. '기쁠 때보다 슬플 때, 부유할 때보다 가난할 때, 건강할 때보다 병들었을 때' 소통은 더 어렵다. '죽음이 우리를 갈라놓을 때'가 되면 나의 태만을, 안일함을 후회할 것이다. 나는 그것을 머리로 알면서도 행동으로 옮기지 못했다. 명색이 소통 전문가라면서.

실수를 반복하지 않기 위해, 그리고 다른 사람들의 실수를 막기 위해 후회를 안고 나의 이야기를 쓴다. 상황은 저마다 다를 것이다. 누구도 언제 예상치 못한 전쟁에 직면할지 알 수 없다. 그러므로 '지금' 해야 한다. 건강한 소통이란 완벽한 소통이 아니라는 걸 뒤늦게 알았다. 하루라도 일찍 표현하고 이야기하는 것 말고는 속 시원한 대안이 없다. 일상적인 소통으로 신뢰의 계좌를 채우고, 그것을 동력으로 어려움을 견디는 것이 아닐까.

답은 의외로 사소한 데 있다. 나에게도 기회가 있었다. 그 중 하나가 보름달빵이었다.

보름달빵이 먹고 싶어

후회를 줄이려면

2018년 6월 2일, 아빠가 돌아가시기 꼭 일주일 전이었다. 전날 저녁에 아빠가 밥투정을 하신 모양이다. 한 달 넘게 입원 중이라 병원 밥이 물려도 진즉 물렸을 것이다. 한 번 밥상에 올라간 음식에는 젓가락도 안 대고, 입맛에 맞지 않는 음식은 맛보는 시늉도 안 하실 만큼 입이 짧은 아빠. 게다가 아빠에겐 당뇨도 있어서 병원 밥은 간이 거의 안 돼 있었다. 요리 전문가 아무개 선생 왈, 한국 음식의 생명은 간이라 했거늘. 게다가 그 무렵 아빠의 병세는 점점 더 나빠졌다. 부종이 심해 물도 마음껏 드실 수 없었다. 날은 한여름을 향하는데, 아빠는 좋아하는 생오이 한 입도 시원하게 못 드셨다. 그러니 밥맛이 있을 리가.

그런 아빠가 밥 말고 빵이 잡숫고 싶다고 하셨단다. 콕 짚어 '보름달빵'을. 그래서 어떻게 하셨나 여쭈니 엄마는 당장 구할 수가 없어 병원 매점에서 산 카스텔라로 달래셨단다. 카스텔라와 보름달빵의 질감이 비슷하다나. 아빠는 영 만족스럽지 않으셨는지 조금밖에 안 드셨다고 한다. 그런데 빵을 드셔도 되나? 상태로 봐서는 병원 밥 아닌 음식을 드시면 안 되는 게 당연한데, 간호사가 조금은 허용했다고 한다. 나중에 생각해보니 간호사는 이미 아빠가 가망이 없다고 판단했던 것 같다.

보름달빵이라…. 들어보기는 했으나 어떻게 생겼는지 몰라 검색을 했다. 포장지에 토끼가 그려져 있다. 'Since 1976', 나보다도 나이가 많은 녀석이다. 아빠도 참, 소박하시기도 해라. 맛난 음식도 많아졌는데 아빠는 옛날 맛이 그리우셨나 보다. 마침 인터넷 쇼핑몰에서 빵을 팔고 있었다. 허나 배달까지 하루 넘게 걸리니 기다릴 수가 없다. 바로 다음 날 '점방'을 찾아 동네를 돌아다녔다. 옛날 빵이라 옛날식 가게에 있을 것이라 추측했기 때문이다. 하지만 서울에서는 점방 찾기가 쉽지 않았고, 이어서 편의점 몇 군데를 돌았으나 수확이 없었다. 다행히 전날 부탁해둔 친구가 보름달빵의 최신

버전으로 보이는 놈을 두 개 구했다고 한다. 접선해서 건네받은 빵은 검색으로 본 그림과 조금 다르게 생겼다. 보름달빵은 맞는데 '오버 액션 토끼' 그림에 '딸기 맛'이라고 적혀 있다. 아, 아빠가 기억하는 맛은 이게 아닐 것 같은데, 이걸 원하시는 게 아닐 듯한데. 그래도 일단 진상하기로 했다.

혹시나 하는 마음에 편의점을 두 군데 더 돌았다. 드디어 인터넷으로 본, 하나 남은 보름달빵을 손에 넣었다. 계산을 하고 편의점을 나오다가 얼른 되돌아 들어갔다. 보름달빵 옆, 연식 비슷한 '크리ㅁ빠ㅇ'이 아른거렸다. 아빠는 한 음식을 두 끼 연달아 드시는 법이 없다. 어제 드신 카스텔라가 보름달빵과 비슷하다면 오늘은 보름달빵이 '아니올씨다'일 수도 있다. 그래서 역시나 하나 남아 있던 크림빵을 더 샀다. 아빠가 드실 수 있으려나. 나날이 쇠잔해져가는 아빠.

까만 비닐봉지를 안고 병실에 들어가니 아빠는 곤히 주무신다. 엄마께 오리지널 보름달빵과 오버 액션 토끼 보름달빵과 크림빵이 든 봉지를 드리고 병원을 나왔다. 저녁에 전해 듣기로 아빠는 크림빵만 절반 드셨다고 한다. 역시 그럴 줄 알았다. 그나마 드시고 싶은 것이 있어서 다행이다. 식욕이 곧 살겠다는 의지라 하지 않던가.

대학 졸업반 때던가? 시골에 사시던 할아버지 할머니께

서 서울 병원에 입원을 하셨다. 할머니가 교통사고로 다리를 다치신 데다 할아버지 방광에도 문제가 생겨서, 한 병실에 두 분이 나란히 계시게 되었다. 할아버지가 바깥으로 소변을 빼내도록 요도에 호스를 연결하는 수술을 받으셨는데, 믿을 수 없게도 갑자기 치매가 왔다. 누군가 이런 말을 했다. '치매는 나랏님도 하느님도 못 구한다'고. 병원에서조차 감당이 안 되어 할아버지를 장남네인 우리 집으로 모셔왔다. 정신이 온전치 않으신 할아버지는 밤낮 가리지 않고 소리를 질러대셨고, 자다가도 깜짝깜짝 놀라는 일이 매일 벌어졌다. 게다가 할아버지는 걸핏하면 호스를 잡아 뽑으셨고 119 구급차가 요란한 소리를 내며 수시로 출동했다. 끈적끈적한 한여름, 집 안에 묵직한 지린내가 진동했다. 정말이지 지옥이었다. 매일매일 할아버지가 미웠다.

몇 달 뒤에 할아버지는 돌아가셨다. 내가 저주를 해 돌아가신 것만 같아 죄스러웠다. 할아버지의 상여 뒤를 쫓아 걸어가며 다짐했다. 앞으로는 아무도 미워하지 말자고. 그러고는 바로 그 결심을 잊고 말았다.

아빠가 응급실이나 중환자실에 가실 때마다 되뇌곤 했다. 이제 그만 미워하자고. 그러나 그때뿐이었다. 아빠가 퇴원하고 일상으로 돌아가면 미움은 원래 자리로 돌아갔다. 나중에 어떤 무거운 부메랑이 되어 돌아오는지 이미 경험했으면서도 아빠를 미워하는 마음을 멈추지 않았다.

2018년 6월 2일, 새삼 아빠가 소중해져서 보름달빵을 찾아 헤맨 것은 아니었다. 어쩌면 머지않은 때에 닥칠지 모르는 아빠와의 이별, 그때가 왔을 때 후회를 하나라도 덜고 싶었을 뿐이다. '그때 보름달빵 사다 드릴걸' 하고 두고두고 후회하고 싶지 않았다. 그러니 '빵 셔틀'은 아빠가 아니라 나를 위한 행동이었다. 지금도 가끔 편의점에서 보름달빵이나 크림빵을 만난다. 반갑다기보다 아빠를 미워했던 그 세월을 조금이나마 갚아내고 싶었던, 그때의 내 심정이 떠오른다.

유언, 소중한 이들을 위한 마지막 선물

이별의 후처리

아빠는 유언을 남기지 않으셨다. 문서나 녹음으로도, 말로도 하신 적이 없다. 물론 몇 가지 사안 정도는 엄마와 토막토막 말씀하신 게 있는 모양이다. 우선 당신이 죽고 나면 화장을 해, 따로 봉문을 만들거나 납골당에 두지 말고 선산 할아버지와 할머니 발치에 묻으라 하셨다고 한다. 나는 전혀 들어본 적이 없다가 아빠의 병세가 급격히 악화되면서 만일의 경우를 고려하던 시점에야 그런 이야기를 전해 들었다. 그때만 해도 '그렇구나' 외에 별 생각이 없었다.

그런데 며칠 뒤 누군가와 이야기를 나누다가 충격적인 정보를 접했다. 서울에서는 화장터를 바로 잡기가 어려워 발인이 늦어질 수 있는데, 그런 문제를 해결하려면 상조 회사에 장례를 맡겨야 한다는 것이다. 인구가 많으니 화장하는 사람도 많구나. 부실한 상조 회사에 대한 고발 보도를 많이 본 터라 상조 상품에 가입할 생각은 한 번도 해본 적이 없었다. 그런데 당장 가입을 하려니 아무 정보가 없다. 아는 금융 컨설턴트를 통하고 또 통해서 한 곳을 소개받았다. 워낙 부정적 인상이 강한 터라 상담을 받고나서도 안심이 되지 않았다. 혹여나 상조 회사가 폐업하거나 부도가 나 피해를 입을 수도 있으니 불입액을 돌려받을 수 있는지 등 피해 보상 여부를 먼저 확인해야 한다. 이런 면에는 내가 좀 집요한 데가 있다. 우선 공정거래위원회 홈페이지 접속. 선수금 보전 기관으로 제시된 상조보증공제조합 사이트에 들어가, 소개받은 회사를 조회한 뒤에야 상조 상품에 가입했다.

화장터 이야기를 듣지 못했다면 장례에 닥쳐 낭패를 볼 뻔했다. 아빠가 생전에 화장을 결정해두신 것은 천만다행이었다. 선언이나 생각이 실행 차원으로 넘어갈 때는 구체적인 액션 플랜을 하나 이상 준비해놔야 한다. 실전에서는 언제나 변수가 생기기 마련이다. 아직 시간이 있을 때 구체적으로 계획을 세우고, 빈 구멍을 확인해야 한다. 내가 치르는 장례라도 내가 관여할 수는 없는 특수 상황인 만큼, 일을 치르기

전에 당사자인 내가 꼼꼼하게 기획해두어야 한다.

리어왕의 실수

유언이라 하면 대개 재산 분배를 핵심으로 여긴다. 윌리엄 셰익스피어의 『리어왕』을 읽고 생각한 것이 있었다. 말년의 리어왕은 세 딸이 아버지를 얼마나 사랑하는지에 따라 재산을 나눠주기로 한다. 첫째와 둘째 딸은 감언이설로 리어왕의 마음을 사로잡은 데 반해, 막내딸은 자식의 도리를 다하겠노라는 원론적인 답으로 아버지의 노여움을 사 추방되고 만다. 막내 몫까지 나눠 가진 첫째와 둘째 딸은 언제 약속했냐는 듯 리어왕을 박대하고, 버림받았던 막내가 프랑스 왕비가 되어 아버지를 구하러 온다. 하지만 결국 이 가족은 비극적으로 죽음을 맞는다.

이 이야기의 교훈으로 어떤 이는 살아생전에 미리 상속하지 말아야 한다고 말한다. 그런데 내가 보기에 리어왕은 상속, 분배, 가족 등에 대한 기본적인 이해가 부족했다. 리어왕은 재산을 어떻게 나누는 것이 가족의 안녕에 기여할지, 또 어떤 자식이 재산 간수를 잘할지, 다시 말해 나라를 얼마나 잘 다스릴지는 고려하지 않고, 오로지 자기 마음에 드는 말을 하는 아이에게만 유산을 분배했다. 좋게 말하면 순진했지만 현명하지는 않았다. 재산 분배 원칙은 있었는지 몰라도 합리적이지는 않았다. 그러다가 온 가족이 몰살되고, 나라마저 휘청이게 했다. 우리나라 대기업의 '왕자의 난' 기사만 봐도 다르지 않다.

우리 아빠는 리어왕만큼 재산이 많지 않아서였는지, 가족의 우애를 믿으신 건지, 유산에 대해서는 남긴 말이 없었다. 대신 돌아가시기 몇 달 전에 엄마에게 땅을 보러 가자고 하셨단다. 아빠가 언젠가 마련해둔, 재산 가치는 높지 않은 땅이라고 했다.

"이제는 뒷짐 지고 있지 말고 당신이 여기를 관리해야 돼."

이것이 상속과 관련해 아빠가 언급한 전부다. 아빠는 이렇게 부분적으로, 모호하게, 그리고 비공개적으로 처리하셨다. 드라마에 나오는 것처럼 법률적 절차에 따라 상속인 전부에게 공표하신 것이 아니었다. 더욱이 살고 있는 집에 대해서도 아무 언질이 없어서 이미 말한 것처럼 나는 상복을 반납하자마자 집 문제를 해결해야 했다. 엄마나 동생, 올케 중에서 누군가가 동의하지 않았다면 법적 공방이 벌어질 수도 있는 일이다. 아빠의 예금 같은 금융 거래는 엄마가 알아서 처리하셨다. 모든 일은 아빠 사후에 그때그때 우리가 의논해서 해결했고, 그 가운데 불협화음이 없었던 건 천만다행이었다. 우리는 그나마 행복한 편이다. 만일 아빠가 빚을 졌는데 우리가 모르고 상속을 받았다면 암울한 일이 일어났을 것이다. 이미 떠난 아빠의 뒤꼭지가 더 밉상이었을 수도 있다. 만일 아빠가 평생 모은 재산으로 사회에 의미 있는 일을 하고 싶으셨다면, 상속인 본위로 유산을 처리한 우리가 아빠의 뜻을 잇지 못한 것이 된다. 다른 일도 그렇지만 특히 돈과 관련해서는 명확하게 이야기해둘 필요가 있다.

굳은 뜻을 갖고 적극적으로 삶을 정리하고 자진해서 죽음에 임하는 사람들도 있다. 2018년 104세였던 과학자 데이비드 구달은 고령으로 자유롭게 움직이지 못하고 삶의 질이 급격하게 떨어지자, 스위스까지 날아가 스스로 생을 마감했다. 어떤 이는 이를 자살이라 하고, 또 어떤 이는 존엄사라 한다.

아빠가 판단력마저 잃었을 때, 우리 가족은 아빠의 심장 이식 수술 여부를 고민하느라 영혼까지 시렸다. 사전에 당사자가 연명 치료 의사를 결정하고 가족과 공유했다면, 우리도 분노와 죄책감 따위로 괴롭지 않았을 것이다.

유언이라는 것에 골똘해진다. 고인과 남은 자를 연결하는 정서적 고리. 평소 생각을 알려주고, 자신이 가고 난 뒤의 바람과 당부를 붙인다면 세상에 남은 이들도 고인을 더 깊이 애모하며 기억할 것이다. 가족들은 그 뜻을 구심점 삼아 더욱 단단하게 살아갈 수도 있다. 나는 아빠가 마지막 숨을 거두기 직전까지 누룽지 타령만 하신 것이 참으로 원망스러웠다. 마지막까지도 애틋한 기억 한 조각 남겨주지 않은 아빠. 아무리 데면데면한 부녀였대도, 돌아가시는 그 순간만큼은 아빠도 나도 서로에게 조금이나마 예쁜 뒤꼭지를 보여줄 수 있었을 텐데.

아빠는 세상을 떠나기 몇 달 전 가까운 친지들을 만나러 다니셨다. 암묵적인 이별 여행인 셈이다. 아빠가 죽음을 앞두고 해두신 것은 고작 그 정도였다. 유언에는 그간 맺어온 인연과의 이별도 포함되어야 한다.

유언과 인연

동화 『강아지 똥』을 쓴 권정생 선생의 유언장을 보았다. 선생은 어린 시절 가족과 헤어져 이곳저곳을 떠돌며 밑바닥

생활을 하다가 폐결핵 등을 앓았고, 서른 살에는 한쪽 콩팥을 떼어내는 대수술로 시한부 선고를 받았다. 죽음을 전제한 삶이었기에 그는 세상에 초연했던 모양이다. 동화를 써 사랑받았으니 그 인세와 재산을 어린이들에게 써달라는 유언을 남겼다. 어린이들 덕에 삶이 풍성했으므로 그 결과치를 돌려주고 싶었던 모양이다.

권정생 선생은 세상을 떠나기 2년 전에 유언장을 써두었다. 선생은 이 유언장으로 부족하다고 생각했는지, 작고 두어 달 전인 2007년 3월 31일에 두 번째 유언장을 작성했다. 2007년 5월 16일 방광 조영술을 받고, 이튿날 의료 사고로 사망한 선생은 그 즈음부터 죽음을 예감한 모양이다.

권정생 선생은 두 차례 유언으로 재산은 누가 관리하고 어떻게 쓰이길 원하는지 명시했고, 시신 처리에 대해서도 당부했다. 그리고 고통받는 이웃을 위한 지원과 기도도 잊지 않았다. 권정생어린이문화재단은 선생의 유지에 따라 남한과 북한의 어린이들을 위해 사업을 펼치고 있다.

유언은 한 인간이 어떤 방식으로 세상을 이해하고 사람들과 관계를 맺어왔는지 떠난 이의 세계관을 함축하는 표식이다.

유 언 장

내가 죽은 뒤에 다음 세 사람에게
부탁하노라.

1. 최완택 목사 민들레 교회
이 사람은 술을 마시고 돼지 죽통
에 오줌을 눈 적은 있지만 심성이 착
한 사람이다.

2. 정호경 신부 봉화군 명호면 비나리
이 사람은 잔소리가 심하지만 신부
이고 정직하기 때문에 믿을 만하다.

3. 박연철 변호사
이 사람은 민주 변호사로 알려졌지
만 어려운 사람과 함께 살려고 애쓰
는 보통 사람이다.
우리 집에도 두세 번 쯤 다녀갔다.
나는 대접 한번 못했다.

위 세 사람은 내가 쓴 모든 저작물을
함께 잘 관리해 주기를 바란다. 내가
쓴 모든 책은 주로 어린이들이 사서 읽
는 것이니 여기서 나오는 인세를 어린이
에게 되돌려 주는 것이 마땅할 것이다.

권정생 선생의 첫 번째 유언장.

정호경 신부님,
마지막 글입니다.
제가 숨이 지거든 각각 적어 놓은대
로 부탁 드립니다.
제 시체는 아랫마을 이태희 군에게
맡겨 주십시오. 화장해서 해찬이랑
함께 뒷산에 뿌려 달라고 해 주십시오.
지금 너무 고통스럽습니다.
3월 12일부터 갑자기 콩팥에서 피가
쏟아져 나왔습니다. 뭉툭한 송곳으로
찌르는 듯한 통증이 계속 되었습니다.
지난 날에도 가끔 피고름이 쏟아지고
늘 고통스러웠지만 이번에는 아주 다릅
니다.
1초도 참기 힘들어 끝이 났으면 싶은데
그것도 마음대로 안됩니다.
모두한테 미안하고 죄송합니다.
하느님께 기도해 주세요. 제발 이 세상
너무도 아름다운 세상에 사람이 사람을
죽이는 일은 없게 해 달라고요.
재작년 어린이 날 몇자 적어 놓은 글이

권정생 선생의 두 번째 유언장.

아빠도 권정생 선생처럼 죽음과 더불어 평생을 사셨을 것이다. 그러나 두 사람의 마무리는 많이 달랐다. 우리가 살면서 맺고 엮은 인연이 얼마나 많을까. 가족처럼 육신으로 부대끼는 가까운 인연도 있지만, 일일이 꼽기 어려운 보이지 않는 인연도 있다. 그러한 인연의 총합이 나의 세상이다. 그리고 유언은 그 세상과 나누는 소통의 마침표인 셈이다.

마지막 얼굴

나의 장례식 풍경

아빠께 친지들을 만나게 해드리라는 주치의의 의미심장한 말을 들은 후, 우리는 조금씩 '그날'을 대비하기 시작했다. 우리의 헤어짐이 당장은 아닐 것이라 애써 믿으면서도, 먼 미래 또한 아닐 것이라 짐작했다. 엄마와 동생과 나는 막연하지만 분명하게 다가올 그날을 준비해야 했다. 아빠가 정신을 놓는 일이 거듭되면서 모든 것은 오롯이 우리 세 사람의 몫이 되었다. 다른 일도 그랬듯이 아빠는 영정 사진도 마련해놓지 않으셨다. 우리가 고려할 만한 선택지는 네 가지였다.

1. 사진첩에서 사진을 골라 확대한다.

→ 사진이 별로 없는 데다 그나마 있는 것도 오래되어 아빠의 지금 모습과 많이 다르다.

2. 주민등록증 사진을 확대한다.

→ 역시 오래된 사진이고, 크기도 작은데 선명하지도 않아 화질을 보장할 수 없다.

3. 우리 사정을 잘 아는 차경 작가에게 지금이라도 병원에서 찍어달라고 출장 서비스를 부탁한다.

→ 링거와 호스 등이 문제다. 번잡스러울 수 있다. 정신이 없는 아빠가 협조하실지도 의문이고. 오히려 야위고 안색 나쁜 환자 얼굴로 영정을 써 조문객을 맞는 것도 마음에 걸린다.

4. 6년 전 동생 결혼식 때 촬영한 가족사진에서 아빠만 오려 확대한다.

→ 화질이 떨어지지는 않을지, 무엇보다 지금까지 스튜디오에서 필름을 보관하고 있을지 미지수다.

네 가지 모두 문제가 있다. 우리는 일단 4번을 시도해본 후, 여의치 않으면 3번 혹은 다른 대책을 찾기로 했다. 동생은 결혼사진을 촬영한 스튜디오에 찾아가 필름이 있는 걸 확인하고, 그 자리에서 독사진 제작을 맡겼다. 일주일쯤 지나 액자에 넣은 아빠 사진을 택배로 받았다. 사진이 쓸 만해 대안은 찾지 않아도 되었다. 그런데 나중에 알고 보니, 엄청 무척 대단히 매우 심하게 바가지를 썼다. 사진작가인 차경 왈, 돈을 열 배 가까이 치렀다는 것이다. 나는 혀를 끌끌 찼지만 동생에게는 말하지 않았다. 안다고 해봐야 속만 상할 터. 스튜디오도 당장 급해 보이는 손님이니 그렇게 장사를 해먹었겠지. 하아, '죽음 사업'은 도처가 하이에나다. 그나마 그렇게 마련한 사진은 빈소에서 쓰지도 못했다. 제단에 올리고 보니 액자가 작고 사진도 어두워서, 장례식장에서 스튜디오판을 가지고 다시 만들어야 했다.

아빠의 '죽음 맞이'로 여러 가지를 한꺼번에 결정해나가면서 엄마는 당신의 미래에 하나하나 대입해보시는 모양이었다. 영정 사진 난리를 겪으면서 엄마는 이렇게 선포하셨다. 자식들의 고민 하나는 덜어주신 것이다.

"나는 《중앙일보》에 실린 사진을 영정으로 할 거야. 제단 맨 위에 사진을 놓고, 그 아래에는 지금까지 낸 책이랑 자격증을 전부 늘어놓을 거야."

"문상 온 사람들한테 '나 이런 사람이야' 자랑하시려고요?"

"자랑 좀 하면 어때?"

"암요, 암요."

엄마는 당신의 세계관이 어떠했는지, 어떤 몸짓으로 그 세계를 풀어내려 몰두했는지 알리고 싶으신 모양이다. 누군가의 딸로, 아내로, 엄마로, 며느리로 사느라 오롯이 '인간 김은혜'로 살지 못해 한이 많을 것이다. 짐만 지운 이 세상과 작별할 때만큼은 자유로운 당신으로 말하고 싶으시리라. 흔히 보던 영정과는 표정도, 자세도, 복장도 워낙 이색적이니 어쩌면 문상 온 사람들이 깜짝 놀랄지도 모르겠다. 점잖지 못하다고, 영정답지 않다고 흉보는 이도 있을 수 있다. 그러나 단순히 존재했음을 증명하는 데 그치지 않고 자기 삶에 무늬를 그려낸 사진으로, 인연 맺은 이들에게 유쾌하게 안녕을 고하는 것이 내 눈에는 자연스럽고 또 바람직해 보인다. 우리는 좋든 싫든 세상이 정한 기준을 따르며 산다. 그런 판국에 세상을 떠나는 마당에까지 마음대로 못 하는 건 가엾지 않은가? 주민등록증이나 여권 사진처럼 무미건조한 사진으로 엄마가 이 세상과 인사하게 하고 싶지 않다.

나는 그날이 오면 매해 연말 찍는 사진이나 일터에서 내 존재를 포착한 사진을 영정으로 쓸 테다. 언제 마음이 변할지 몰라도 현재까지는 일하는 내 모습이 가장 자연스러워 보이기 때문이다.

아니, 어쩌면 영정이 필요 없을지도 모르겠다. '장례식을 꼭 해야 하나?' 하는 생각이 들기 때문이다. 세상이 달라져 혈연도 지연도 의미가 옅어지고, 관혼상제도 이미 개성껏 치르고 있지 않은가. 사촌이니 육촌이니 하는 친척과도 왕래가 없다시피 한데 당대 어른들 돌아가시고 나면 '핏줄 동맹'의 결속력이랄 게 남아 있기나 할까. 게다가 나는 싱글이고, 어쩌면 앞으로도 싱글일지 모른다. 핏줄 동맹의 증식도 유지도 기대하기 어려운 사정은 나만의 일이 아닐 것이다. 인력을 동원해야 하는 행사들이 전통이라는 이름으로 남아 있긴 하지만, 그래서 예식장 하객 아르바이트가 있고 장례식장 조문 아르바이트도 있다지만, 아직 저만치 멀리 있는 미래에 얼마 되지도 않는 지인들더러 나를 조문하라며 굳이 불편하게 판을 벌이는 상상을 하니 과연 그게 필요한지 갸웃거리게 된다. 그에 앞서, 내가 숨을 거둘 때에 누군가가 곁에 있을지도 의문이다. 고독사라는 것이 뉴스에나 나오는 남의 일이 아니라는 걸 잘 안다. 오죽하면 영국에서는 '외로움부'라는 행정부처를 만들고 '외로움부 장관'까지 임명했겠는가.

불의의 사고로 갑자기 저세상으로 가버리지만 않는다면, 나는 아직 정신 멀쩡할 때 가까운 사람들을 초대해 토크쇼를 하고 싶다. 결혼식처럼 돌잔치처럼 환갑잔치처럼, 인생의 한 분기점을 가까운 이들과 함께 나누면 좋겠다.

외신에서 생전에 미리 장례식을 했다는 기사를 보았다. 일본 기업 코마츠의 회장 안자키 사토루 이야기였는데, 그는 담낭 암이 발견되고 수술이 불가능하다는 진단을 받은 후 연명 치료를 거부했다고 한다. 그리고 3주 뒤에 '감사 모임'을 연다고 신문에 광고를 냈다. 행사장에는 골프와 여행을 즐기는 안자키의 사진을 걸고, 휠체어에 탄 그가 1,000여 명의 손님과 일일이 악수하며 마지막 인사를 나누었다. 그리고 그로부터 6개월 뒤 숨을 거두었다.

안자키의 생전 이별 모임과 비슷한 얘기가 심심찮게 들려온다. 관심이 생기니 그런 이야기가 눈에 잘 띈다. 조선 시대 박지원도 그랬다고 한다. 그는 예순아홉에 중풍으로 거동이 불가능해지자 약 쓰기를 거부하고, 술상을 차려 벗들을 대접했다고 한다.

실화를 바탕으로 한 『모리와 함께한 화요일』도 인상 깊게 읽었다. 모리 슈워츠 교수는 동료의 장례식에서 지인들이 바친 추도사를 이렇게 품평했다.

"이런 부질없는 일이 어디 있담. 거기 모인 사람들 모두 멋진 말을 해주는데, 정작 주인공인 친구는 아무 말도 듣지 못하니 말야."

그래서 자기의 죽음을 앞두고는 '살아 있는 장례식'을 기획해 가까운 이들과 평소 하지 못한 대화를 나누었다. 어떤 이는 시를 읊고, 또 어떤 이는 흠뻑 울었다. 그리고 모리 교수는 남은 시간 동안 이 책을 쓴 제자 미치 앨봄과 화요일마다 만나 일대일로 가족·죽음·자기 연민·사랑 등 인생을 구성하는 요소와 그 의미를 강의했다. 그렇게 열네 번의 화요일을 보낸 후 스승은 세상을 떠난다. 성공만을 향해 달려가던 제자는 그제야 자신을 돌아보고 새로운 삶을 열어나갈 힘을 얻는다.

일본 가수 오구라 게이는 생전에 장례식 콘서트를 열었다. 그래, 가장 좋아하는 일, 잘하는 일로 마지막 자리를 만들면 좋겠다. 나는 말과 글로 사람들을 만나왔으니 마무리도 말과 글을 나누는 방식이면 좋겠다. 내가 혼자 걷지도 못하고 판단력마저 흐려진다면, 가까운 사람들과 함께 조촐하게 토크쇼와 대화 모임을 가진 뒤, 그 내용을 책으로 만들어서 나중에 그 자리에 함께했던 이들에게 보내주면 어떨까 싶다. 이름하여 '안녕 파티'.

'안녕安寧'이란 말은 참 독특하다. 영어에서 만날 때 쓰는 hello와 헤어질 때 인사 good-bye를 한 번에 아우른다. 그 자리에 모인 참석자들과 내가 어떻게 hello하게 됐고 인연을 이어왔는지를 이야기하고, 한 사람 한 사람과 good-bye를 나누는 것이다. 또 내 삶에 good-bye를 고하고, hello로 죽음을 맞이한다. 주체적이고 능동적으로 죽음에 임하는 것이다. 화해나 용서라는 거창한 형식보다, 미움을 놓아 보내고 추억을 공유하는 자리다. 서로가 예쁜 뒤꼭지만 기억하도록.

너무 거창한가? 어디까지나 현재의 생각이며, 더 자연스럽고 더 많은 이에게 유의미한, 그리고 누구보다 내가 만족스러운 다른 장례식 계획이 또 등장할 것이다. 내 길을 제대로 나아간다면.

죽음의 공공성

한동안 웰빙well-being이 유행했다. 우리말로 풀면 '잘살아 보세'다. 이 '잘'이라는 말이 참 모호하다. 잠 '잘' 자고, 밥 '잘' 먹고, 돈 '잘' 쓰고, 말 '잘' 하고, 아이 '잘' 낳고…. 국어사전에서는 '잘'이 바르게, 좋고 훌륭하게, 익숙하고 능란하게, 자세하고 정확하게, 예사롭거나 쉽게 등 무려 열네 가지 뜻으로 풀이한다. 또 '잘 살다'는 붙여 쓰면 '부유하다'는 뜻이기도 하지만 말 그대로 '잘' 살아가는 걸 의미한다. 어쨌거나 우리는 안다. 뭐가 '잘 사는 것'인지.

또 한참 웰다잉well-dying 바람이 불었다. 내 눈에는 웰빙의 유사품 혹은 대체품으로 보인다. 어쨌거나 '잘 죽어보세'에 대해서는 실존적이며 실천적인 의미를 함께 논의하면 좋겠다. 개인의 사건에 머무르게 하지 말고, 죽음의 공공성을 소통하면 좋겠다.

동화 『강아지 똥』을 좋아한다. 돌이네 강아지가 골목길에 눈 똥은 더럽다고 박대하는 참새와 어미닭을 만나 슬퍼한다. 그러나 흙덩이를 만나서 제 존재의 의미를 깨닫는다. 겨울이 지나고 봄이 되자 강아지 똥은 민들레가 꽃을 피우도록 거름이 되어준다. 흙이 되어 사라지면서도 누군가에게 의미 있는 존재가 될 수 있다는 것에 기뻐하면서.

『마당을 나온 암탉』도 죽음의 의미를 돌아보게 해주었다. 양계장의 좁은 철창에 갇혀 기계처럼 알을 낳고도 그 알을 한번 품어보지도 못한 암탉 '잎싹'은 더 이상 쓸모가 없어지자 버려진다. 몸도 마음도 피폐해져 세상에 나온 잎싹은 버려진 청둥오리 알을 품고, 자기와 다르게 생긴 '초록머리'에게 엄마가 되어준다. 그리고 사랑하는 초록머리가 성장해 세상으로 나아가도록 적극적으로 밀어낸다. 마지막 순간에 잎싹은 족제비에게 물려가며 삶을 마감한다. 족제비에게 딸린 자식이 있음을 알기에 기꺼이 제 몸을 내어준 것이다.

강아지 똥이나 잎싹처럼 희생할 자신은 없지만 나의 삶과 죽음도 누군가에게 의미가 된다면 좋겠다. 무겁거나 거창하지는 않더라도.

김수환 추기경은 마지막 며칠을 남겨두고 만나는 사람들 모두에게 '세상에서 사랑을 너무 많이 받아 고맙습니다. 서로 사랑하십시오'라는 말을 건넸다고 한다. 평생 사랑을 실천해온 그분이 사람들에게 전하는 마지막 선물이었다.

죽음을 준비한다는 것

사전 부고·장례식 기획·유언장 작성

언제고 찾아올 내 차례, 가족과 친구, 세상에 어떻게 예쁜 뒤꼭지를 보이고 떠날 것인가? 나의 소중한 인연들이 나와 함께한 시간을 되짚어보고, 새로운 추억을 만들 기회를 만들어보자.

사전 부고

안녕安寧, 마지막 생일 파티

일 시	2025. 2. 17. 오후 6~10시 (일부분만 참석하셔도 괜찮습니다)
장 소	복합문화공간 ○○
프 로 그 램	먹기+놀기+떠들기
드레스 코드	'오채원' 하면 연상되는 색상의 옷이나 액세서리 차림으로 와주세요.
부 탁	제게 마지막으로 들려주고 싶은 한 문장 또는 편지를 가지고 와주시면 감사하겠습니다. 물론 그냥 오셔도 좋습니다. 그리고 현장에서 연주·노래·차력 등 무엇이든 개인기를 나누고 싶은 것이 있으면 미리 알려주세요.

사전 장례식

배우자·연인·가장 가까운 친구 한둘과 오로라를 보러 간다. 노르웨이 트롬쇠, 스웨덴 아비스코 국립공원, 핀란드 라플란드, 아이슬란드 레이캬비크, 캐나다 옐로나이프, 스코틀랜드 스카이섬 중 한 곳.

2차

행 사 명 안녕, 마지막 생일 파티

장　　소 하늘이 보이는 문화 공간
(조명, 스피커, 마이크, 슬라이드, 가능하면 생화 장식)

좌　　석 자유롭게 앉거나 서기
불편한 이를 위한 휠체어 등 준비

시　　간 노을 지는 저녁 6시부터 네 시간. 사정에 맞춰 자유롭게 오고 갈 수 있다.

영　　정　어린 시절, 일터와 스쿠버다이빙 투어 등에서 찍은 사진을 엮어 슬라이드로 계속 상영한다.

참 석 자　30명 이상 예상

BGM　그레고리 포터의 『Take Me to the Alley』 앨범, 토토의 『Best Ballads』 앨범 등 오채원이 좋아하는 음악

음식　음식의 이름과 의미를 적어서 함께 세팅한다.

① **먹을거리**

마무리와 새 출발을 의미하는 '안녕' 파티인 만큼, 여러 나라의 새해 음식으로 차린 간단한 뷔페.

– 시루팥떡: 한 해 중 밤이 가장 길고 낮이 가장 짧은 동지에 먹는 떡. 붉은색 팥으로 나쁜 기운을 몰아내고 새해를 맞자는 뜻.

– 가래떡: 장수를 의미하는 기다란 가래떡. 재물이나 복을 기원하며 엽전처럼 얇게 썰어 떡국을 끓여 먹는다. 하지만 떡국은 파티 중에 먹기에 편하지 않을 테니 가래떡으로 대신한다. 찍어 먹을 꿀과 참기름, 소금을 곁들인다.

– 물만두 자오쯔饺子: 중국에서는 묵은해에서 새해로 바뀌는 밤 자정에 자오쯔를 먹는다. 교차점을 뜻하는 交子와 발음이 비슷하기 때문이다.

- 포카치아: 불가리아에서는 가족이 둘러앉아 동전을 넣어 구운 포카치아를 나눠 먹는다. 동전이 든 빵을 받은 사람은 그해 운이 좋다고 믿는다. 동전은 비위생적이므로 아몬드 등 다른 재료로 대신한다.
- 마지팬 피그Marzipan pig: 독일에서는 아몬드, 달걀 흰자, 설탕 등으로 만든 돼지 모양 빵을 먹는다. 서양에서는 돼지를 짧은 다리로 단단히 발 딛고 나아가는 동물로 여기기 때문이다.
- 포도: 스페인에서는 섣달그믐 밤을 노체비에하Nochevieja라 하는데, 1월 1일을 알리는 열두 번 종소리에 맞춰 포도를 한 알씩 먹는다. 그러면 새해 소원이 이루어진다고 한다.
- 귤: 러시아에서는 휴일을 의미하는 붉은색 귤을 먹는다.
- 마카롱: '카롱 오채원 선생'이란 별호로 불린 만큼, 커다란 마카롱 트리를 세워 입구를 장식한다.

② 마실거리

- 식혜: 우리나라에서는 소한(양력 1월 5일경)에 식혜를 마신다. 소한에는 가장 강한 추위가 온다. 약 한 달 뒤에는 입춘으로 새로운 계절이 시작된다.
- 청주: 사악한 기운과 괴질을 물리친다고 해 설날에 초백주나 도소주를 마시던 전통을 떠올린다. 구하기 쉽지 않을 것이므로 청주로 대신한다.
- 와인: 서양에서는 미드meed라는 꿀 와인을 인류 최초의 술이라 본다. 미드를 장만하기가 여의치 않으면 무난한 레드 와인

카베르네 소비뇽, 화이트 와인 샤도네이를 준비한다.

– 생수: 새 생명이 튀어오르는 경칩에 마신다는 고로쇠 수액을 대신한다.

오채원이 드리는 선물

① **선물 1** – 오채원의 편지
– 오채원이 쓴 책
– 참석자의 특징을 살려 만든 수제 마카롱

② **선물 2** 오채원의 소지품 경매
– 번호 매긴 소지품을 현장에서 선보이고 각각에 얽힌 사연을 이야기한다. 참석자는 마음에 드는 물건에 손을 든다. 경쟁자가 있을 경우에는 그 물건을 갖고 싶은 이유를 말하고, 나머지 참석자들이 한 사람을 뽑아준다.

참석자의 선물

① **선물 1** 오채원에게 마지막으로 들려주고 싶은 문장 또는 편지를 지참한다. 준비를 못 했다면 현장에 비치된 편지지에 써도 된다. 부담스러우면 하지 않아도 좋다.

② **선물 2** 연주, 노래, 차력 등 함께 나누고 싶은 장기. 물론 하지 않아도 괜찮다.

유언장

엄마, 그간도 고생 많으셨는데 자식이 먼저 떠나 마음 아프게 해서 죄송해요. 이제는 저로 인한 굴레에서도 벗어나 더욱 자유로운 인간 김은혜로 사시길 빕니다. 작별을 앞두고 제 법정 상속인인 엄마께 마지막 부탁을 드립니다.

얼마 되지 않지만 전 재산은 엄마께 맡깁니다.

책, 컴퓨터는 문경 삼약사의 산골도서관에 기증해주세요.

존엄한 마무리를 위해 어떠한 연명 치료도 받지 않겠습니다.

이미 사전 장례식을 가졌으므로, 사후에는 장례식을 원치 않습니다.

수의는 평소에 입던 흰 원피스를 입혀주세요.

시신은 화장해서 나무 밑에 묻어주세요.

엄마가 간직하고 싶은 사진 외에는 전부 태워주세요.

모든 부정적인 마음을 비우고 가렵니다.

가볍게 떠나게 해주셔서 고맙습니다, 엄마.

저세상에서도 엄마를 위해 기도할게요.

산 자와 죽은 자를 잇다

죽은 이들을 위한 축제의 날

멕시코에는 '죽은 자의 날'이라는 명절이 있어서, 이날은 온 마을, 온 집안, 온 동네가 세상 떠난 이들을 위해 축제를 연다고 한다. 멕시코 사람들은 1년에 한 번, 정성스럽게 제단을 만들면 '죽은 자의 날'에 죽은 이들이 가족과 친지를 만나러 산 사람들의 세상에 온다고 믿는다. 산 자와 죽은 자가 함께하는 축제의 날인 셈이다.

내가 처음 이 축제를 접한 것은 애니메이션 영화 《코코》를 통해서였다. 열두 살 소년 미구엘은 가수이자 기타 연주자인 '엘 마리아치El Mariachi'를 꿈꾼다. 그러나 엘 마리아치였던 고조할아버지가 음악을 한다며 집을 나갔다가 영영 돌아오지 않은 탓에 식구들은 기타를 만지지도 못하게 한다. 그런데 '죽은 자의 날', 미구엘은 우연히 망자의 세상으로 가게 된다. 죽은 자가 산 자의 세상으로 오는 날인데 거꾸로 된 것이다. 저세상에서 산 자가 머물 수 있는 시간은 단 하루뿐이며, 미구엘은 기타를 쳐도 좋다는 조상의 허락과 축복을 받아야 원래의 세상으로 돌아갈 수 있다. 그러나 고조할아버지의 전력 때문에 조상 중 누구도 미구엘에게 기타 연주를 허락하지 않는다.

미구엘은 고조할아버지를 만나 엘 마리아치의 꿈을 승낙받으려 한다. 그렇게 미구엘은 저승을 활보하며 죽은 자들과 친해지고, 황금빛 금잔화가 가득 덮인 다리를 건너 저승과 이승을 넘나든다. 결국 미구엘은 가족에게서 잊혀가는 고조할아버지를 찾아내 그가 가족을 버렸다는 오해를 풀고, '기억되어야 하는 사람'으로 집에 있는 제단에 사진을 올리게 하며, 저승에서도 고조할아버지가 당당하게 자리 잡도록 돕고, 고조할아버지는 물론 가족들로부터 꿈을 허락받는다.

《코코》에서 저승과 이승은 그리 다르지 않다. 죽은 이들은 비록 해골로 변했어도 저승에서의 일상이 있으며, 거기에도 희로애락이 있다. 저승의 삶을 좌우하는 열쇠는 이승의 가족과 친지에게 있다. 산 자들이 기억해주지 않으면 망자는 '죽은 자의 날'에도 이승으로 갈 수 없고, 저승 사회에서 소외되다가 결국 형체마저 사라지게 된다. 죽음의 세계에서 다시 죽음을 맞는 것이다.

그런가 하면 죽은 이들은 살아 있는 사람들의 고민을 해결해주는 등 산 자들의 세계에 참여할 수 있다. 이승과 저승은 분리된 것이 아니다. 두 세계를 이어주는 것은 기억이다. 그리고 양쪽 세계의 구성원들이 만나는 날엔 엄숙하기보다 축제로 화려하고 떠들썩하게 보낸다.

《코코》를 보며 꿈꾸게 되었다. 멕시코에 가자! 그간 내게 '축구 잘하는 나라' 정도였던 멕시코가 이제는 '죽은 자의 날'의 나라가 됐다.

축제에 가고 싶은 이유, 손잡고 싶은 이유

책으로, 인터넷으로 찾아본 '죽은 자의 날 축제'는 정신을 쏙 빼놓을 만큼 찬연하고 흥미로웠다. 내 눈으로 보지 않고는 못 배길 정도로. 그리고 자연스럽게, 침울하기만 한 줄 알았던 죽음을 이토록 흥겨운 잔치로 뒤바꿔놓는 멕시코 사람들의 마음을 공부했다. 왜냐고? 문화 기획자인 친구와 함께 멕시코에 가고 말 테니까!

동갑내기인 우리는 공통점이 여럿 있다. 일하는 것을 즐기고 욕심도 있으며, '잘 사는 것'이 무엇인지 답을 찾고 있고, 이를 방해하는 세상의 속된 질서에 분노한다. 누군가를 잃고 그 후폭풍을 혼자 해결하려 안간힘을 쓴 적이 있으며, 그래서 애도에도 연대가 필요하다는 것을 절대 공감한다. 《코코》를 본 후 '죽은 자의 날' 축제가 열리는 그 현장을 확인하고 싶어졌고, 죽느니만 못한 삶을 예술의 동력으로 삼았던 화가 프리다 칼로의 자취를 느끼고 싶어 한다. 그래서 우리는 '멕시코 계'라도 붓자며 농담을 하곤 한다.

싱글인 우리는 돈 안 되고 재미만 넘치는 프로젝트를 작당모의하고, 손발이 내 맘처럼 움직이지 않을 때 모여 살 주거 공동체를 어디에 마련할지, 시신 처리나 장례 같은 사후 처리는 어떻게 할지 등, 홀로 맞이할 노년과 죽음 이야기를 나눈다.

아직은 모든 것이 막연하다. 모든 가능성이 열려 있는, 언제 올지 모르는 미래를 논한다는 것은 물론 쉽지 않다. 하지만 함께하는 누군가가 있기에 진지하고 또 즐겁게 상상한다.

가장 먼저 손잡을 사람들은 당연히 가족이다. 《코코》에서 보여준 것처럼, 가족의 죽음과 애도가 나와 우리 가족이 본격적으로 소통하는 시작이기를 기대한다. 이청준 작가의 체험에 기반한 소설을 영화로 만든 《축제》처럼, 떠난 이를 보내고 기리는 의례는 남은 자들의 갈등을 드러내 해소시키고, 새로운 소통 방법을 찾게 하며, 한층 단단하게 연대하도록 돕는다. 멕시코뿐 아니라 우리 어른들도 죽음의 장을 축제로 재탄생시켰다.

참 뻔한 이야기지만, 가족이 툭 터놓고 응어리를 풀어 새로운 관계를 만드는 데도 용기와 노력이 필요하다. 그 점화 스위치는 아빠가 내게 주신 마지막 선물이자 숙제 같다. 이것이 아빠의 예쁜 뒤꼭지겠지. 이제야 나는 비로소 아빠와 연결될 수 있을 것 같다. 그렇다. 온전히 떠나보냄으로써 아빠와 이어지고 싶다.

후회 없는 이별, 유쾌한 장례식

내가 아빠의 임종과 함께 직면한 장례는 사회적 위상과

집안 내 질서를 확인하는 가부장적 의례에 불과했다. 숨 돌릴 여유도 얻지 못한 가족에게 의례는 허둥지둥 처리해야 할 '일'이 되어 들이닥쳤고 부조금 장부는 '마음의 크기'로 남았다.

'여러분 댁에서는 어떻게 장례를 준비하세요?'

물어보고 싶다. 그런데 답은 듣지 않아도 알 것 같다.

누군가를 떠나보내면서 뻥 뚫린 가슴, 공허한 머리를 채워주지 못하고, 언제까지고 허망한 공백으로 머물게 하는 우리의 '죽음' 이야기를 나누고 싶다.

이왕이면 잘 떠나고 싶다는 바람, 또 잘 떠나보내야 나도 고인도 건강해진다는 깨달음. 죽음의 의미를 찾아갈수록 삶의 의미를 찾게 되기에. 모든 인간이 죽음을 맞고, 나 역시 누군가를 떠나보내고, 언젠간 떠나야 하기에.

책을 다 쓰고 나면 자연스럽게 큰일 하나가 마무리 될 줄 알았다. 그런데 마지막 쪽을 남긴 지금, 새로운 일을 시작하는 느낌이다. 당황스럽다. 그런데 설렌다. 두근거린다. 이 글로 마음이 통한 사람들과 함께 축제를 준비하는 마음이다. 비로소 선명하게 그림이 그려지는 듯하다.

작가의 말

다들 그렇다더니, 그게 아니더라

에세이를 쓰게 될 줄은 몰랐다. 그것도 '애도'를 주제로.

아빠를 떠나보내며 겪은 문제들은 시간이 지나도 쉽사리 해결되지 않았다. 해결은커녕 나는 여전히 분노와 비탄 사이를 오갔다. 그래, 언제까지 소리 없이 울고만 있을 텐가. '다들 그렇다'기에 그런 줄로만 알고 입 다물고 있을까 했는데, 그러지 않기로 마음먹었다. '다들'과 함께, 애도를 막는 사회에 따져봐야겠다. 다들 누군가를 떠나보낸 뒤에 어떻게 원통한 속풀이를 하고, 그때의 후회와 다짐을 다져 남은 이들과 잘 살아가는지 궁금하다.

물론 '정답'이 있을 거라고 기대하지는 않는다. 하지만 묻고 따지는 것만으로도 의미가 있을 수 있다. 막연한 듯 확실한 미래. 가깝거나 멀거나 시간 차이뿐이지 않겠나. '나 혼자가 아니야'라는 생각만으로 우리는 때때로 위로를 받는다. 1년 남짓 속마음을 써나가는 동안, 아빠와 만날 기회를 얻었다는 데에 감사한다. 온전히 아빠를, 아빠와 함께한 시간만을 생각했다. 글을 쓰다가 울고, 울다가 또 글을 썼다. 그렇게 비로소 애도할 수 있었다. 소리 내 울 수 있었다. 아빠에게 다가갈 수 있었다. 내게 기억되는 사람, 앞으로도 기억될 사람, 그래서 영원히 살아 있을 사람, 아빠.

아빠, 이젠 정말 안녕.

안녕 아빠

울고 싶어도 울 틈이 없는 맏딸의 애도 일기

1판 1쇄 인쇄 2020년 9월 10일
1판 1쇄 발행 2020년 9월 17일

지은이 오채원
펴낸이 박해진
펴낸곳 도서출판 학고재
등록 2013년 6월 18일 제2013-000186호
주소 서울시 마포구 새창로 7(도화동) SNU장학빌딩 17층
전화 02-745-1722(편집) 070-7404-2810(마케팅)
팩스 02-3210-2775
전자우편 hakgojae@gmail.com
페이스북 www.facebook.com/hakgojae

ISBN 978-89-5625-409-8 03810

• 저작권법에 따라 한국 내에서 보호받는 저작물이므로 무단 전재와 복제를 금합니다.

• 이 도서의 국립중앙도서관 출판예정도서목록(CIP)은 서지정보유통지원시스템 홈페이지(http://seoji.nl.go.kr)와 국가자료종합목록 구축시스템(http://kolis-net.nl.go.kr)에서 이용하실 수 있습니다. (CIP제어번호 : CIP2020037722)